し剣

婿殿は山同心1

氷月 葵

時代小説

二見時代小説文庫

世直し隠し剣——婿殿は山同心1

目次

第一章　婿殿《むこどの》の転役

一

朝まだ明けぬ薄暗がりの中で、巻田禎次郎《まきたていじろう》は帯をきりりと締めた。その着流しに黒《くろ》羽織《はおり》を纏《まと》えば、身支度《みじたく》は終わりだ。

布団の中で寝息を立てている妻の五月《さつき》を横目で見ながら、禎次郎はそっと刀を脇に差し、朱房《しゆぶさ》の十手《じって》を手に取った。

昨日、渡された十手だ。

それを背中と帯のあいだに差すと、禎次郎は足音を立てないように、布団の足元にまわった。妻を起こしては悪い、と同時に起きては面倒だ、という両の思いで、静かに寝所《しんじょ》をあとにする。雨戸が閉められたままの暗い廊下を抜けて、出入り口の土間《どま》へと下りる。と、その戸が開いていることに気がつき、禎次郎はきょろきょろと見まわしながら外へと出た。

庭木の前に、水をやっている小さなうしろ姿がある。白髪《しらが》混じりの髷《まげ》を結ったその頭が、足音に気づいたのか、こちらに向いた。

「まあ、婿殿、もうお出かけですか」

義母の滝乃《たきの》が、手にしたひしゃくを掲げたまま向き直る。

「あ、はい、今日は転役しての初出仕ですし、明け六つ（朝六時）までに着かねばならぬのです。母上もまたずいぶんとお早いことで……」

禎次郎が愛想笑いを浮かべると、滝乃はひしゃくを握ったまま近寄って来た。

「わたくしはいつもこの刻限には起きております。常に家の前から門までを掃き清めているのですよ。毎日、清々《すがすが》しく美しいのがわたくしの努《つと》めのせいだと、知らなかったのですか」

「あ、はあ……申し訳もないことで……」

思わず頭を下げる禎次郎の眼前で、滝乃はひしゃくを振る。

「よそ様の目にも恥ずかしくないように、日々、こうして整えているのです。世間様からうしろ指をさされるようなことがあっては、この巻田家の名折れ。婿殿もしかと心得られよ」

「はあ」

うなだれながら、禎次郎は胸のうちにつぶやく。人の目なんざ気にすることはなかろうよ、他人なんて、なにをしてくれるわけじゃあるまいし……。が、その思いをぐっと喉に納めた。

「よいですか」義母はひしゃくを高く掲げる。「婿殿も新しいお役目に就《つ》いたのですから、くれぐれもこの巻田家の名を汚さぬように務めるのですよ。そもそも婿殿はどうも気が緩《ゆる》いのです。それゆえになにをやっても中途はんぱ……」

「はい」

禎次郎はまだまだ続きそうな相手の声を遮《さえぎ》って、大きく返事をした。

「心得ました。では、この巻田家の名を汚さぬように、励んで参ります」

ぺこりと頭を下げ、素早くを身体をまわす。素朴な木戸門《きどもん》をくぐると、八丁堀《はっちょうぼり》の道を歩き出した。

まだ、陽の昇っていない町はしんと静かだ。

禎次郎は、うしろの腰に差した十手の堅さを感じてほくそ笑む。大きく腕を振ると、北の方角へと向かって辻を曲がった。

明るくなりつつある空の下に上野《うえの》の山が見えた。緑のなかに、少しだけ残った桜の花が、ほんのりと浮かび上がっている。

上野の山は、江戸以前から忍《しのぶ》が岡《おか》と呼ばれてきた台地だ。それが、徳川家康《とくがわいえやす》が江戸を開き、それを継いだ二代秀忠《ひでただ》の時代に大きく変貌を遂《と》げた。この山全体が天台宗《てんだいしゅう》の寺、寛永寺《かんえいじ》として開かれたのだ。

それ以来、多くの堂宇《どうう》が建てられてきた。いくどか大火で焼けもしたが、そのたびに再建され、寛永寺の発展は続いている。

明和《めいわ》六年（一七六九）、十代将軍家治《いえはる》の時代の今も、上野の山はますます威光を高めつつあった。

その上野の山を守る山同心《やまどうしん》が、禎次郎の新しい仕事だ。

まだ静かな上野の広小路《ひろこうじ》を、禎次郎は早足で歩く。

その先には不忍池《しのばずのいけ》から流れ出た忍川《しのぶがわ》が、細く流れている。川には三橋《みつはし》と呼ばれる三本の橋が架けられているが、中央のものだけが幅広い。将軍が渡るために、大きく造られているのだ。ために御橋《みはし》とも呼ばれている。

橋に近づいて、禎次郎はふと足を止めた。幅広い橋の袂《たもと》に三人の男がうずくまっている。一人は身体をねじって、橋の下を覗き込んでいるようすだ。

なんだ、怪しいやつらだな……いぶかりつつ、禎次郎はそちらへと足を向けた。早《さっ》速《そく》仕事か、と思うが、山同心としてどう振る舞えばいいのかわからない。

三人の男は歳《とし》はそれぞれ離れていそうだが、垢《あか》抜《ぬ》けない風体《ふうてい》は町人というよりも農民を思わせる。

江戸見物の者らか……そう推察しながら近づくと、禎次郎の気配を感じてか、三人は振り返った。黒羽織の同心姿を認めて、三人はあわてて立ち上がる。そのままあたふたと、小走りにその場を離れて行った。

ますます怪しいじゃないか……そう思いつつも、遠ざかるうしろ姿に、まあいいか、と禎次郎は向きを変えた。

足を橋に向け直し、渡る。橋の先は、袴腰《はかまごし》と呼ばれる広場だ。それが山門へと続いている。

行く手の山の裾には柵が巡らされ、黒く太い木で組まれた冠木門《かぶきもん》が二つ並ぶ。左側が黒門《くろもん》と呼ばれる表門で、山を参拝する人々のための門だ。右側にも同様の門があるが、こちらは将軍専用の御成門《おなりもん》であり、ふだんは開かない。

その黒門の前にいくつかの人影があるのを見つけて、禎次郎は足を速めた。近づく

走り出す。

と、一番前に立っている影は着流しに黒羽織であることがわかり、禎次郎はあわてて息を乱しながらその前で止まると、深々と頭を下げた。

「お待たせして申し訳ございません。巻田禎次郎です」

「うむ」黒羽織の男が頷《うなず》く。「わたしは片倉籐兵衛《かたくらとうべえ》と申す。臨時廻《りんじまわ》り山同心筆頭だ。まあ、筆頭といっても二人しかおらぬがな。が、そのもう一人の真崎《まさき》殿が寝込んでしまったために、こうして巻田殿に来てもらったというわけだ」

「はあ……その真崎殿は、御病状、いかがなのでしょうか」

「ふむ、悪い」片倉は山を振り返って指を差す。「数日前の風雨で桜は散ってしまったがな、それまで山はたいそうな人出であった。御法度《ごはっと》の鳴り物を鳴らす者や酔って騒ぐ者、喧嘩をはじめる者なども出て、我らは毎日、山中を走りまわっておったのだ。そのせいで真崎殿は足腰を痛めてしまったというわけでな、歩くこともままならんそうだ」

「それは、お気の毒なことで」

「うむ。これまでにも何度か痛めたことがあったのだ。なにしろ、もう四十四……まあ、わたしも四十二だがな……巻田殿はおいくつか」

「はい、ちょうど三十になりました」

「うむ、若くて丈夫な者を寄越してくれと頼んだかいがあった。まあ、前任の真崎殿はいっそ隠居して倅《せがれ》に家督を継がせればよいという者もおるのだがな、あそこは娘御ばかりが生まれて、息子ができたのは三十も過ぎてから。よって、跡継ぎはまだ元服もしておらんのだ」

「はあ、それは……あの、気にかかっていたのですが、もしも真崎殿が御回復された場合には、わたしはこのお役から放免になるのでしょうか」

「ふむ、治れば、な。が、残念ながら、今回ばかりは無理であろう。なにしろ厠《かわや》にも行けぬありさまと御新造《ごしんぞう》が嘆いておられた。足腰が要《かなめ》の山同心はもう限界であろう。ゆえに……」

　片倉はいいにくそうに顔を歪《ゆが》める。

「巻田殿にはいちおう、山同心を続ける覚悟を持ってもらいたい。まあ、しばらくようすを見て、の話だが」

「ああ、いえ」

　禎次郎は笑顔で手を振った。

「わたしはありがたいと思っているのです。山を見廻るのが役目と聞いて、すぐさまお受けした次第です」

「ほう、そうか」

片倉の顔が明るくなる。

禎次郎に転役の話が来たのは、四日前だった。

いつものように南町奉行所に出仕すると、上役に別の部屋へと呼ばれたのだ。

「実は臨時廻りで一人足りなくなってな、急遽《きゅうきょ》、人をほしがっているのだが、そなた、行ってくれぬか」

廻り方は隠密《おんみつ》廻りと定町《じょうまち》廻り、そして臨時廻りの三役に分かれている。臨時廻りは、必要に応じて各所に出張《でば》ることが主な役割だが、江戸の町が肥大したことで、定町廻りでは手が足りなくなったところを補うようにもなっていた。

「どこへ行くのですか」

「うむ、上野の山同心なのだ」

「上野の山とは……寛永寺ですか。あそこには警護の寺侍《てらざむらい》がいるのではないですか」

「ふむ、警護を任されている目代《もくだい》の田村権右衛門《たむらごんえもん》殿の配下に山同心や手代がおるのだがな、この数年、人手が足りないということで、こちらから臨時廻りとして二人を出《しゅっ》向《こう》させているのだ」

「はあ、そうでしたか」

「うむ。まあ、御本坊や偉い方々の警護は寺侍の山同心がするのでな、こちらから出す山同心は、山に来る物見客らが不埒《ふらち》をせぬように見廻るだけだ。それほど難儀な仕事ではない」

「なるほど、山の見廻り、ですか」

意外な話に目を見開く禎次郎に、上役は覗うように小首をかしげる。

「歩きまわるので足腰が丈夫な若い者がいいのだ。だが、気が進まぬ、というのであればよいぞ。ほかを当たることにする」

「いえ」

禎次郎は即座に声を上げた。

「喜んでお受けいたします」

禎次郎は拳を握りしめていた。

そのときのことを思い返しながら、禎次郎は片倉に笑顔を向けた。

「わたしは吟味方《ぎんみかた》の下役《したやく》をしておりましたもので、なにしろ毎日、座りっぱなし……訴えを書き連ねた目安《めやす》を整理したり、呼び出しの差紙《さしがみ》を書いたりと、机から離れられるのは、昼飯時と厠《かわや》の時だけだったのです。本来、じっとしているのが苦手なものですから、見廻り方のお役目をいつもうらやんでおった次第で……」

「ほうほう、そうであったか。では、奉行所のほうもそのあたりを見て、巻田殿を寄越してくれたわけだな」

「はあ、おそらくは……」

そう頷きながら、禎次郎は少し複雑な思いになった。

転役を告げられた朝、好機と気持ちは昂《たかぶ》ったが、昼が過ぎた頃には、やや冷静になった。もしかしたら、吟味方下役としてのだめ出しなのではないか、という考えが浮かんだのだ。字は下手《へた》だし、要領も悪い、なにより仕事に対する熱がない。そのあたりを見透かされて、体《てい》よく放免となったのではないか……そういう考えが頭を巡ったのだ。

話を聞き知った同僚も、冷笑か、もしくは蔑《さげす》みを目に湛《たた》えながら、頑張れと励ましてくれたのが忘れられない。家に帰って報告すると、義母はまるで左遷《させん》をされたかのように嫌味をいい、妻もむっつりと黙った。吟味方下役をまっとうした義父は、なにも思いを表さなかったのだが……。

だが、まあいい……そう思って顔を上げる。

「お役目、よろしく御指導ください」

ずっと見廻り役になりたかったのだから、人になんといわれようとかまうものか、と改めて己に言い聞かせる。外をのびのびと歩きまわれるし、なによりもあの役所の煩《わずら》わしい人づきあいから解放されるのだ。

「うむ、よろしく頼むぞ」

片倉は胸を張って、山を見た。

上から数人の寺男が下りてきて、門を開ける準備をしている。門は黒く太い木で組まれており、扉は格子の両開きだ。寺男達は内側にかけられた太い木のかんぬきを抜いていく。

山の上から、明け六つを告げる刻《とき》の鐘が鳴り響いた。

扉が内側にゆっくりと開けられていく。

坂を下って、寺侍らしい武士もやって来た。青い羽織を着ており、袴の腰には紫の房がついた十手を差している。

「あ、あちらが寛永寺目代御配下の山同心ですか」禎次郎は片倉に問いかける。「御挨拶をしましょうか」

そういいながら足を踏み出そうとする禎次郎の袖を、片倉が引っ張る。

「ああ、よいのだ、かまうな」

片倉は片目を細めると、抑えた声でいった。

「あちらは誇り高くてな、町奉行所の我らを一段下と見下《みくだ》しておるのだ。それなのに我らのほうが手柄を立てるものだから、いやもって気に喰わんらしい。どこかでかち合ったおりに、形ばかりの挨拶をするだけなのだ」

はあ、と禎次郎は踏み出しかけていた足を戻す。

もともと町奉行所の役人は、武家社会からは低く見られている。町方を相手にする者、というのが蔑《さげす》みの理由らしいが、八丁堀に暮らす者はそうした目には馴れていて、今更の驚きはない。

なるほどな、と禎次郎は得心する。御公儀菩提寺《ぼだいじ》の寺侍ともなれば、誇りも一際《ひときわ》ということか……。

「よいか」片倉がさらに声を低めた。「寺侍にはそれなりの誇りがあろうが、我らにも我らなりの誇りがある。町奉行所の面目がかかっておることを忘れずに、お役目に励んでくれよ」

「はい、承知しました」

禎次郎が頷く。

門がすっかり開いた。

すでにちらほらと集まってきていた参拝か物見かわからない人々が、それを合図に動き出し、門の中へと進んで行く。

片倉はそれを見送って、背後に控える三人の男達に目を向けた。裾をはしょった中間《ちゅうげん》姿で、それぞれの腰に小さな十手を差している。片倉はその三人を指さして、禎次郎にいった。

「この者らは前任の真崎殿が使っていた中間と小者《こもの》だ。そのまま巻田殿が使うがいい。見廻りの順や山のことも、この者達がよくわかっておるからな。とくに小者の雪蔵《ゆきぞう》はもう十年以上も勤めているから、山のことはなんでも知っておる」

「へい、雪蔵といいます。よろしくお願い申します」

四十に近いであろう風貌の雪蔵が、ゆっくりと腰を曲げる。それに続いて、隣の大柄な若い男もお辞儀をした。日焼けしたいかつい顔が、鬼瓦《おにがわら》を思わせる。

「わっしは中間の岩吉《いわきち》です。老《ふ》けてみられますが二十五です。不埒者《ふらちもの》を取り押さえるのは任してくだせえ」

その横から、さらに若そうな男が笑顔で身を乗り出す。

「えー、あっしは小者で勘介《かんすけ》といいやす。当年とって二十三でして、二年前に取り立ててもらったんですが、なあに、山のことはもうそれなりにわかってますんで、御安心ください」

「うん、そうか。よろしく頼む」

禎次郎は三人の顔を順に見て頷いた。

片倉は「さて」と歩き出す。

「では、参ろう」

黒門をくぐって、山の勾配《こうばい》を上って行く。

広い参道の両側には木々が茂り、新緑を揺らしている。右側の木々の中には、階段が見えた。小山の上に立つ堂へと上る階段だ。見上げると、堂の周囲には舞台がせり出している。

「あれは清水観音堂《きよみずかんのんどう》だ。舞台からは江戸が一望できるので、人が集まる。我々もときどき、上に登って見廻りをせねばならん」

「はあ」

禎次郎が見上げると、真っ先に上ったらしく、舞台から額に手を当てて身を乗り出している物見客達が見えた。

そのまま斜面を登り切ると前方が大きく開け、目の前に堂宇が現れた。

「巻田殿はこの山に来たことがおありか」

片倉の問いに禎次郎は「はい」と頷きながら、左手に見える五重塔を見上げた。

禎次郎の脳裏《のうり》に、九歳の日のことが甦《よみがえ》る。

父と母、そして兄二人とこの山に来たのは、四月十七日のことだ。徳川家康公の命日であったから間違いがない。幕臣であることを誇りにしている父が、参拝を望んだのだろう。

「あの奥に神君家康公を祀《まつ》った東照宮《とうしょうぐう》があるのだ」

父が指を差し、その手を合わせた。

大きな石灯籠《いしどうろう》が並ぶが、参道に人はいない。下々《しもじも》の者は入ってはいけないところなのだと、その静けさが語っていた。

禎次郎は首を精一杯に曲げて、東照宮の脇に建つ五重塔を見上げた。と、そこに人のざわめきが起きた。

「将軍様だ」

「上様《うえさま》の御参拝だぞ」

見ると、山の奥のほうからぞろぞろと人の行列がやって来る。

人々はあわてて脇によけ、跪《ひざまず》いた。

「先頭が公方《くぼう》様だ」

「うしろにいるのが御先代お墨付《すみつ》きの出世頭らしいぞ」

「田沼意次《たぬまおきつぐ》様か」

「どらどら」

そっと顔を上げたり首を伸ばしたりしながら、人々はささやき合う。

禎次郎の一家も脇に控えた。

父が振り向いて、長男の太一郎《たいちろう》の腕を引く。

「そら、将来、お仕えすることになる上様だ。御挨拶《ごあいさつ》をしろ」

長兄は前に出て跪く。

「ぼくも……」

そういって禎次郎も進み出た。が、父は犬にでもするように手を振って、禎次郎をうしろへと追い払った。

「おまえたちはいい。うしろでじっとしていろ」

次兄の庄次郎《しょうじろう》が、追い払われた弟の手を引っ張って、人垣の後方へと退いた。

小さくしゃがむと、次兄は冷ややかな目で禎次郎を見た。

「馬鹿だな、おれたちはどうせお役には就けないんだから、関係ないんだよ」

「どうして」

「ばぁか、お役につけるのは長男だけだ。次男三男なんてのはみそっかすの余計者だ。学問や剣術に励んだって、なんの役にも立たないんだぞ」

「みそっかす、ってなに」

問い返す禎次郎に、兄はふんと鼻で笑った。

「おまえもそのうちわかるさ」

その冷ややかな声音《こわね》に、禎次郎は足元が冷えていくのを感じたものだった。


その情景を思い起こしながら、禎次郎は片倉に向いた。

「子供の頃、桜を見に何度か連れて来られました。が、最近は来てませんで、お山のことはよくわかりません」

「うむ、江戸住まいの者はかえってそんなものよ。旅の者は必ず寄るがな。そら、このお堂は吉祥閣《きっしょうかく》というのだ。文殊楼《もんじゅろう》とも呼ばれておるがな」

朱塗りが施された、大きく壮麗な堂だ。

片倉はその脇を廻り込んで、その先へと進む。前方がさらに大きく開けた。

先には宙に浮いたような橋が見える。二つの堂を、二階から渡り廊下でつなげているのだ。

「左の堂が常行堂《じょうぎょうどう》、右のを法華堂《ほっけどう》といい、二つをつなげているのが通天橋《つうてんばし》だ」

片倉が指を揺らして堂や橋を指す。人々はその宙に架かった通天橋の下をくぐって、先へと進んでいく。橋の先には、壮大な根本中堂《こんぽんちゅうどう》が威容を誇っている。

「奥のが瑠璃殿《るりでん》とも呼ばれている中堂だ。あの裏に御本坊《ごほんぼう》があって、その裏に徳川家の御廟所《ごびょうしょ》がある」

片倉はそういいながら、くるりと身体をまわした。

「まあ、そのあたりは雪蔵に聞きながら、あとでゆっくりと廻るがいい。とりあえずはこちらへ参る」

右側へ進んで行く片倉に、禎次郎は従う。林を廻り込んで、清水観音堂の反対側へと進んで行く。林の木々は、花は散っているものの、下に積もったうす桃色の花びらから、桜であることがわかる。

林の横には小さな茶屋も見えた。

「このあたりは桜が岡というてな、花見の時期には人が集まるゆえ、見廻りを厳重にせねばいかん」

説明する片倉の言葉に「はい」と頷く。

山の端へと片倉は足を向ける。東側は崖で山が終わっており、町がすぐ足下から拡がる。目を先に向ければ浅草寺《せんそうじ》の屋根や五重塔、そして大川《おおかわ》（隅田川）の流れが見える。右には海が青く輝き、そのかなたには房州《ぼうしゅう》の半島までもが見通せる。遥か西には富士の山も姿を見せていた。

「いや、これは見事」

禎次郎が思わず身を乗り出すと、その目の先に、片倉が指を出した。その指が山の下の町へと、目を誘導する。広小路を横切って、町屋の並ぶほうへ誘った。

「あそこに自身番《じしんばん》の番屋がある。山で町人を捕らえるようなことがあったら、あの自身番に連れて行けばよい」

「はい」

「そして……」

片倉は指を広小路へと戻し、その脇で止めた。

「あそこには辻番所がある。武士のなかにも不埒者がおるし、諍《いさか》いなども起きる。そういうときには捕らまえて辻番所へ連れて行くがよい」

「はい」

「それと」片倉は辻番所の裏のほうへと指を上げた。

「あそこに我らの役宅がある。わたしと真崎殿が住んでおる」

「八丁堀ではないのですか」

「うむ。山は明け六つから暮れ六つまで開いておるからな、いちいち八丁堀から通っていたのでは無駄が多くなる。なので、近くに屋敷を与えられたのだ。もし、真崎殿が治らず、巻田殿がこのお役に向いているとなれば、宿替えをすることになろう」

禎次郎は喉を詰まらせた。こちらに家移《やうつ》りするとなると、家の者らがなんというか……特にあの義母が怒り出すのではないか、と禎次郎の胸の中がひやりと冷える。が、否とはいえない。

「はあ、承知いたしました」

「なあに」

片倉は片目を細めて声を落とす。

「あの屋敷は付け届けが多いぞ。山の周辺の料理屋や店の者らがこぞって来るし、寛永寺御用の商人らも来る。常日頃、参拝に来る譜代《ふだい》の大名家からも、盆暮れにはいろ

「いろと届く」

「大名家からもですか」

「ああ。定町廻りとて大名家からは付け届けが来るのだ。家臣が不始末をしたときに、よしなに取り計らってもらうためにな。この山も同じこと。見廻りは大変だが、役得は八丁堀におるよりも多いぞ」

「はあ」

禎次郎は意外な言葉にうろたえた。見廻り方にはほうぼうからの付け届けが来るもの、と聞いてはいたが、山同心も同様とは考えていなかったからだ。

「それに、だ」

片倉はさらに声を落とす。

「山には公方様や御重臣方、大名方や大奥のお女中らもお参りに来られる。その折の警護では、我らも近くに寄れるのだ。わたしなど、大奥のお中臈《ちゅうろう》や田安家《たやすけ》の御家臣に顔を覚えていただいた。覚えめでたくなれば、与力への出世もかなうやもしれん」

口元ににんまりとした笑いが浮かぶのを見ながら、禎次郎は「はあ」と、とりあえず微笑《ほほえ》む。

「まあ、とにかく」

片倉は真顔に戻ると、胸を張った。

「山同心の務めは大変であるが、やりがいもある、ということだ。当面は朝のうちはゆるりと来てよい。明け六つから四つ（十時）まではわたしが廻るから、巻田殿にはそのあとを頼む」

「はい」

頷きながら計算をして、心の中で首をかしげる。どうも配分に差があり過ぎる気がする。が、片倉は禎次郎の訝《いぶか》しげな顔を無視してにこりと笑んだ。

「非番の時には一人で廻ることになる。ふだんが大変だからな、二日出て一日非番というのは鉄則だ。今日明日、馴れないうちは足が疲れるだろうが、明後日ゆっくり休めば大丈夫だ。まあ、気張らずにやればよい」

「はあ」

「では、あとは雪蔵に廻り方を聞きながら、廻ってくれ。本当は、わたしは今日は非番なのだ」

「そうでしたか、申し訳ありません」

「いや、よいのだ。これでわたしも気が楽になった。では、よろしく頼む」

片倉はくるりと身体をまわすと歩き出した。

「はい」

禎次郎はその背中に頭を下げた。

改めて両腕を拡げて、禎次郎はしばし、江戸の町を見下ろしていた。広い、涼しい、気持ちがいい……そう堪能しながら、息を吸い込む。さて、と、気を取り直して、禎次郎は供の三人を探した。が、見つけた姿に、禎次郎は口を開けた。岩吉と勘介が、茶屋でせっせと身体を動かしている。まるでそこで働く者のようだった。

〈桜茶屋《さくらじゃや》〉と書かれた看板を掲げて、茶屋は崖近くに建っている。その前に並べられた長床几《ながしょうぎ》に、緋毛氈《ひもうせん》を拡げているのは勘介だ。にこやかな顔で毛氈をぴんと引っ張ると、勘介は茶屋の中に向かって声を上げた。

「お花《はな》ちゃーん、毛氈は敷けたよ、どうだい」

「はーい」

中から、高い声とともに、着物の前に朱色の長い前垂《まえだ》れをかけた娘が出て来る。

「すみません、勘介さん」

お花はにっこりと笑う。

「お花ちゃん、こっちも見てくれ。これでどうだ」

横から声が飛ぶ。〈みたらし団子《だんご》〉と染め抜かれた幟《のぼり》を手に、岩吉がお花を振り返って見つめていた。茶屋の柱に括《くく》りつけて、斜めに突き出す案配《あんばい》を計っているらしい。なにをしているのだ……そうつぶやきながら、禎次郎は近寄って行く。雪蔵だけが、一人、近くの木に寄りかかって空を眺めている。

「これ」

禎次郎が声をかけると、供の二人はあわてて背筋を伸ばした。と、同時に勘介は笑顔をお花に向けて、禎次郎を手で示す。

「お花ちゃん、今日からいらした新しい山同心の旦那だ。巻田様とおっしゃる」

「まあ」お花は振り返って、茶屋の奥へ声を投げる。「おやじさーん」

奥から、四十も半ばと見える男とひとまわりは若そうな女が出て来る。思わぬなりゆきに禎次郎が立ち尽くしていると、茶屋の三人が並んで深々と腰を曲げた。

「桜茶屋の主《あるじ》与平《よへい》でございます。こっちは女房のおはるでして。よろしくお頼申します」

「あたしは奉公人のお花です」

肩をすくめてお花がにこりと微笑む。

戸惑っている禎次郎に、岩吉が胸を張って双方を見る。

「この茶屋には客がたくさんやって来ますんで、いろいろな話が落ちていくんです。怪しい者や不埒者なんかの手がかりも、このお花ちゃんがきっちりと押さえて、わっしらにおしえてくれるんで」

うふ、とお花が頷く。

「ほう、そうか」

頷きつつ、禎次郎は岩吉と勘介の弛《ゆる》んだ頬《ほお》に、それだけではあるまいよ……と胸の内でつぶやく。

「あの」与平が手で緋毛氈を差す。「ちょうど湯が沸《わ》きましたから、お茶と団子を召し上がっていってくださいまし」

その言葉に自然に応じようとする勘介の姿に、それが日課なのだな、と禎次郎は察する。まあ、いいか、と禎次郎も長床几に腰を下ろした。朝餉《あさげ》を食べてこなかったせいで、先刻から腹の虫が鳴っている。禎次郎のようすをうかがっていた雪蔵もやって来て座ると、にっと微笑んだ。

運ばれてきたみたらし団子を頬張り、薄い茶をすする。胃の腑《ふ》に温かさが落ちて、禎次郎は想わずほうと息をもらした。

「よし、参ろう」禎次郎は立ち上がって、主の与平を振り返った。「馳走《ちそう》になったな、うまい団子だ」

「いえ、お粗末様で。いつでもお寄りくださいまし。旦那方が来るとわかっていると、不埒者が近寄らず、助かりますんで」

なるほど、と禎次郎は合点《がてん》した。持ちつ持たれつということなら、ごちになってもかまうまいよ、と気安くなる。

「そら、行くぞ」

雪蔵が張りのある声で若い二人を促した。

「そいじゃお花ちゃん、またな」

岩吉と勘介は声を競《きそ》いながら、満面の笑みを向けた。禎次郎はそれに苦笑しながら、歩き出した。案内をするつもりらしい雪蔵が、すぐに前に進み出る。その背中に、禎次郎が声をかけた。

「あー、まず最初に清水堂に上ってみたいのだが」

頬に力を入れ、まじめな顔で禎次郎はすぐ横にある清水堂を見上げた。舞台の上から響いてくる物見客らの歓声に、ずっと気持ちが誘われていたのだ。

「そ、そら、上から見れば、全容がつかめるであろうし」

とってつけたようにいいつくろう禎次郎に、雪蔵がにこりと笑った。

「へい、そうですね。では、まずそこから見廻ることにしましょう」

舞台に続く階段に向けて、皆が歩き出した。

二

山の東側を見廻ってから、禎次郎らは黒門に向けて坂を下りていた。昼を知らせる鐘が鳴ったため、中食《ちゅうじき》をとることにしたのだ。

門を出た広場の両側には、料理茶屋などの店が並んでおり、すでに客らが集まっていた。

「ここいらは江戸見物の客が多くて、足元を見てますからね、いけませんや。あっちに安くてうまい店がありますから」

雪蔵は顎《あご》で町のほうを示す。

同心の供の中間や小者は町奉行所で雇われているのだが、昼飯代は同心の財布から出される。給金は安いから、本来ならそれは痛い。が、それを補うのが同心への付け届けだ。

しかし、まだ役に就いたばかりで、禎次郎には付け届けなどはない。雪蔵はそれを慮《おもんぱか》ってくれているのだ、と禎次郎は察して雪蔵の目じりのしわに頼もしさを感じた。

忍川に架かる三橋には、多くの人が行き交っている。禎次郎は橋の手前で、真ん中の広い橋の下を覗き込む三人の男に目を留めた。朝、見かけた三人組だ。

三人がいいあう声が聞こえる。

「やっぱり違うんじゃねえですかい」

「ああ、低すぎて隠れる場所なんかねえな」

「こいつがほんとうに三枚橋《さんまいばし》なのかよ」

禎次郎はその言葉に、足を止めて注視した。その気配に気づいて、三人男がこちらを見る。禎次郎と目が合うと、三人はあわてて顔をそらし、橋から離れて山門へと向かった。

禎次郎はその背中を見つめる。怪しいというだけで、なにをしたわけでもない。こういう場合はどうすればいいのか、と迷う。と、去ってゆく三人のうしろに、間を置いてついて行く侍の姿があることに気づいた。気配に緩みがない。しかし、それもまたただ怪しいだけで、どうすればいいのかわからない。

まあいいか……禎次郎は先に進んだ雪蔵らのあとを追って、橋に向かう。

「おや」

前を歩く雪蔵から声が上がる。見ると、一人の僧が小坊主とともに橋を渡って来たところだった。その姿に、禎次郎はぎょっとした。墨染めの衣《ころも》を着た僧は、普通よりもふたまわり身体がでかい。

弁慶《べんけい》か……思わずつぶやいて、禎次郎はその眉の太い顔を見上げた。目じりにはしわがあるが、眉は太く、面持ちは力強い。

「これは流雲《りゅううん》和尚《おしょう》様」

雪蔵が寄って行って、頭を下げる。

「おお、雪蔵か」

和尚はゆったりと立ち止まる。

「お出かけでしたか」

雪蔵の問いに、流雲は傍らの小坊主の頭を撫《な》でた。

「ああ、これがきんつばを食べたいというものでな、買いに行って来た。餓鬼《がき》は甘いもんを食わせないとうるさくてかなわん」

墨染めの衣の陰から、丸く剃《そ》った頭の小坊主がにこりと笑う。和尚の大きな身体に比べると、人形のようだ。

流雲和尚はその目を、雪蔵の背後に立つ禎次郎へと向けた。雪蔵がそれに気づいて、禎次郎を手で示す。

「こちらは今日からお役に就かれた臨時廻り山同心の巻田禎次郎様です」

「はい、よろしくお願いします」

禎次郎は和尚と向き合う。流雲は禎次郎を見下ろすと、にっと笑った。

「そうか。山には妖怪《ようかい》もいるし、魑魅魍魎《ちみもうりょう》もやって来る。まあ、せいぜい毒に当たらないように性根《しょうね》を鍛《きた》えることだ」

「は……」

意味が測《はか》れずに目を見開く禎次郎に、流雲ははっはと大口を開けて笑う。その衣の袖を翻《ひるがえ》すと、控えていた小坊主を前に出した。

「これは春童《しゅんどう》といって、わしの小坊主だ。なにかあったら使ってかまわんぞ。足は速いし、口もまわるからな」

「はい、読み書きもできて、頭もまわります」

春童は背筋を伸ばすと、禎次郎を見上げた。

「こら」流雲が頭を押さえる。「己のことを褒《ほ》めそやすでない。驕《おご》りを持てば、不満が生まれる。それが苦のもとになるのだ」

はい、と春童は頭を下げる。

ではな、と流雲は微笑んで歩き出す。

禎次郎達も橋も渡った。

「あの和尚はえらいお方なのか」

禎次郎は雪蔵に問う。

「いや、えらくはありませんや」そういいながら、雪蔵は小さく振り返る。「ずっと日光《にっこう》の東照宮にいらしたってえ話です。でも、あっちは寒さがこたえるそうで、一昨年、こっちに来なすったんです。えらくはねえんですが、なんというか、あたしは好きなんですよ」

「ふうん」

禎次郎も振り向く。

流雲と春童は山門に向かっている。と、そこに、先ほど橋詰めにいた三人の男が近寄って行った。和尚になにやら問いかけているらしい。山門を指さしながら、和尚が答えているようすが見てとれる。同心からは顔を背けた男達も、和尚には気を許したのだろう。

祯次郎は顔を戻して足を速めた。

「おう」

「こっちですぜ」

先を歩く雪蔵が、振り返りながら手で招く。

「旦那」

広小路を出て町屋の並ぶ小道に入ってゆく。案内された先は小さな煮売り屋だった。

「よう、おとせさん」勘介が真っ先に入って行く。「今日もいい女だね」

おとせは手にしたしゃもじを振りながら鼻にしわを寄せる。

「なぁにいってんだい。お世辞いったって、なんにも出やしないよ」

三十も半ばと見えるが、きりりとして威勢がいい。

祯次郎は案内されるままに、奥の板間に上がり込んだ。雪蔵はおとせに祯次郎を引き合わせ、また新任の説明をする。

「あらまあ、どうぞごひいきにしてくださいな」

おとせは垢抜けた微笑みで、会釈《えしゃく》をする。笑うと色気がぱっと開いた。

「今日の魚は鰆《さわら》に鯵《あじ》、菜は大根に里芋《さといも》、菜《な》の花《はな》と……」

おとせの言葉にそれぞれが注文をいい、白い飯に皿や小鉢が添えられた。丸い盆に載せられたものを、岩吉が両手で受け取って、運ぶ。受けとってはわいわいといいながら、それぞれが箸《はし》を動かしはじめた。

蜆《しじみ》の味噌汁《みそしる》を吸い、飯を頬張った禎次郎は、ほうと息を吐いた。

「いや、あったかい飯はうまいな」

三人の目が集まるのを感じて、禎次郎はああ、と笑った。

「いや、奉行所では弁当だったんでな、いつも冷たい握り飯で、味気ないものだった。あったかい飯はそれだけでもうまいものだな」

「あらまあ、旦那」おとせが振り向く。「あったかいだけが取り柄みたいじゃないですか。うちは味も自信があるんですけどね」

「ああ、いや、すまん。うん、うまいぞ」

禎次郎のあわてぶりに皆が笑う。

その声を聞きながら、禎次郎はさらに笑顔を拡げた。奉行所とは大違いだ、と独りごちる。吟味方は同心の数が二十人と最も多く、昼時もどこか堅苦しかった。当たり障《さわ》りのない話を誰かが振り、当たり障りなく笑う。ねちねちとした皮肉をいう者やうだうだと愚痴《ぐち》をいう者がいても、相手にせずに笑ってかわす。その空々《そらぞら》しい笑いが、なんとも居心地が悪かった。それに比べると、この昼飯はなんと気楽なことか。

「いや、この鰆はうまい」

頬を弛めたまま、禎次郎は白い切り身をつまむと、大きな口を開けて放り込んだ。

そこに勘介の笑いが吹き出した。

「いやぁ、よかったよかった」

笑いながら、勘介は身体を揺らして、な、と隣の岩吉と向かいの雪蔵を見る。なんのことかといぶかる禎次郎に、勘介は笑顔を向けた。

「いやぁ、旦那が気さくなお人であっしらはほっとしてるんです。気難しかったり、厳《いかめ》しかったりしたら参るな、と話していたもんで……前の真崎様がせっかちだけどいいお人だったんで、続けて当たるってえのは難しいかもしれねえ、と言い合ったりもしておりやしたし」

「当たる……」

禎次郎のつぶやきに、雪蔵があわてて勘介を叱《しか》る。

「これ、失礼だぞ」

「すんません」

頭を掻《か》く勘介に禎次郎は鷹揚《おうよう》に笑った。

「かまわんよ。気さくっていうのもまさに当たりだ。おれもまさか、奉行所の役人になるとは思ってなかったしな。もともと貧乏御家人の三男坊……気取ったり威張ったりできるものなぞ持っちゃあいないんだ」

「ほう」と、雪蔵が目を見開く。「では、御養子で」

「ああ、そういうことだ。四年前に婿養子の話が降って湧いてな、飛びついたというわけだ」

　へえ、と三人の目が集まる。養子に請《こ》われるくらいなら優秀なのだろう、と意外さと驚きを含んだ目つきだ。

「いや」禎次郎はそれを察して苦笑する。「まあ、運がよかっただけだ」

いいながら胸の内で改めて首をかしげる。剣術も学問も人並みで、これといった取り柄もない。なぜ、自分が養子に請われたのか、今でも不思議なままだ。

「この山同心のお役を頂戴したのも運だしな。おれは子供の頃から運に恵まれないとあきらめていたが、まあ、簡単にあきらめてはいかんということだな」

「山同心は……」岩吉がもっそりという。「不運ではないんですかい」

「ああ、今日、歩いてみて、これはツイてると思ったよ。お陽さんの下を歩くなんざ、気持ちいいじゃないか」

禎次郎の笑顔に勘介が口を尖《とが》らせる。

「そりゃ、春はいいですけどね、夏は暑いし、冬は寒いしで……」

「これ、およし」雪蔵が手で制す。「愚痴はいうだけ口の無駄だ」

「ああ、まったくだ。そのときはそのとき、耐えればいいだけだ」禎次郎は空《から》になった汁椀を置く。「こうしておまえさん達と組むのもなにかの縁だ。よろしく頼むぜ」

「こちらこそ」雪蔵が頷く。「このあとはお山の西のほうを廻りましょう。大きな学寮もありますし、子院もたくさんある。さきほどの流雲和尚も子院にお住まいで、学寮で教えておられるんですよ」

「へえ、そうなのかい」

禎次郎は橋で会った流雲の姿を思い浮かべた。同時に三人の男達も甦《よみがえ》る。

「そういや、雪蔵さん、あの三橋は三枚橋とも呼ばれてるのかい」

「は……いえ、三枚橋というのは御徒町《おかちまち》にある橋ですよ。ただ、似ているんでごっちゃにされることが多ございますね。江戸者でさえ取り違えるくらいですし」

「ふうん、そうか」

禎次郎は目を上に向ける。三枚橋という名はどこかで聞いた気がして、喉元に引っかかる。が、いつどこで聞いたのか……。

雪蔵の声に、禎次郎は首をひねったまま、雪駄《せった》を履《は》いた。

「さ、参りましょう」

黒門をくぐって再び山を上ると、桜が岡のほうからなにやらにぎやかな音が聞こえてきた。雪蔵は眉をひそめると、「行きましょう」と足を向ける。

散った桜の木の下で、数人の人影が蠢《うごめ》いている。太鼓《たいこ》の鳴る音が、その中から響いてきた。

「鳴り物だ、旦那、叱ってください」

振り向く雪蔵に禎次郎は口を開けた。

「鳴り物といったって、ありゃ、子供のでんでん太鼓じゃないか」

むしろの上に座った大人に混じって、子供が太鼓を振りながら遊んでいる。

「鳴り物には変わりありませんや。見逃しちゃあ示しがつきません」

「し、しかし……」

ためらう禎次郎の横から、勘介が進み出て、声を上げた。

「こら、鳴り物は禁止だ」

へっ、といかにも長屋者らしい一行がこちらを見上げる。禎次郎はしかたなく、前に進み出た。

「あー、お山は将軍家の菩提所《ぼだいしょ》であるからな、厳粛《げんしゅく》、神聖な場所である。よって、音曲《おんぎょく》はならんのだ」

「鳴り物ってえのは、このでんでん太鼓のこってすかい」

呆れた顔の男に、禎次郎は咳払いをして頷く。

「うむ、そうだ。静かにせねばならん」

男達は目も口も開いて、互いの顔を見る。

「おい、これじゃあ、来た甲斐《かい》がねえや」

「ああ、桜だって散っちまってるし、どうする」

ひそひそとささやき合う一行を見渡しながら、雪蔵が進み出た。

「今年は早くに桜が散ってしまったからな。花見なら王子《おうじ》の飛鳥山《あすかやま》に行くといい。あそこには遅咲きの八重桜《やえざくら》があるから、まだまだ楽しめるぞ。飛鳥山ならどんなに騒いでもお咎《とが》めなしだしな」

「えっ、そうなんですかい」

「そうさ」勘介が胸を張る。「あっこは皆が思う存分楽しめるようにと、吉宗公《よしむねこう》が桜を植えなすったんだ。騒ぎたいなら飛鳥山に行くのが得策だぜ」

へえ、と男達が目を輝かせる。

「おい、そんなら、二、三日うちに出直そうぜ。鳴り物がいいならお師匠さんらも誘って、三味線《しゃみせん》と太鼓で景気よく、だ」

「おう、そうだな」

「したら、女房どもも連れて行ってやろうじゃないか」

沸き立つ一行を尻目に、禎次郎らは歩き出す。

吉祥閣の脇を進むと、脇の林で怪しげな人影が目に入った。背に荷物を負った男が、二人連れの女になにかを見せている。

「旦那、あれは物売りですぜ。小間物なんかをこっそりと売るんでさ」

勘介のささやきに雪蔵も頷く。

「山での商いは御法度、叱ってください」

「あ、ああ」

禎次郎は咳払いをして足を向けた。と、その気配に気づいて、男は背中の荷物を揺らしながら、たちまちに走り去って行った。

「あーあ、気づかれちまった」

勘介がにやにやと男のうしろ姿を見送る。禎次郎は腕を組んで雪蔵を見た。

「このような場合は、どうするのがいいんだ。相手がやめればそれでいいと思うのだが、もっとやりようがあるのかい」

「へい、山同心筆頭の片倉様は、よく捕まえて自身番にしょっぴいて行きなさいますよ。まあ、大した罪じゃない町人ばかりですが」

答える雪蔵に勘介も続ける。

「そうすると、お手柄になるそうでさ。でも、真崎様はあまり捕まえませんでしたね。かわいそうだといいなすって」

岩吉がぼそりと付け足す。

「旦那の心づもりひとつでさ」

「そうか」禎次郎は腕をほどいた。「なら、叱ればそれでよかろうよ」

気が楽になって、歩き出す。

「しかし、案外と忙しいものだな」

独り言のようにいって、禎次郎は行き交う人々を眺める。

「あ、旦那、あそこで喧嘩がはじまったみたいですぜ。喧嘩、口論は御法度です」

勘介の言葉に、禎次郎は走り出す。

やれやれ、と思わずつぶやきがもれた。

あちらに行き、こちらに走り、としているうちに空の色は変わっていた。西空の赤い雲が木々のあいだから見える。

「こっちの大きな建物が学寮です」

雪蔵が左を指さしながら、歩く。

「そいで、あっちに行くと谷中《やなか》になりやす」

勘介も行く手を指で示す。

「下りて不忍池に出ましょう」

雪蔵が坂を下る。下に着くと小さな門をくぐった。

「ここにも門があるのか」

見上げる禎次郎に雪蔵がぐるりと顔を巡らせた。

「お山は塀で囲まれていますから、あちこちに門があって、都合八カ所。上野八門と呼ばれています」

「八門、そんなにあるのか」

目を瞠《みは》る禎次郎に、三人は苦笑する。雪蔵はすたすたと前を歩きながら、振り向いた。

「はい、暮れ六つにはわたしらがばらけて見廻ることにしてます。まあ、おいおい御案内しますんで」

道は池《いけ》の端《はた》へと出た。池の中に道が延び、道の突き当たりに弁天堂《べんてんどう》が見える。左側は斜面から続く林だ。

池の上に拡がる夕陽を見ながら、禎次郎は眼を細めた。水面に空の青と朱色が映って美しい。やっぱり外はいい……そう胸中でつぶやく。

そこに叫び声が上がった。

「うわあぁ」

声とともに、林の中から男が転がり出てくる。男はそのまま地面に転がった。

そのあとから、刀を掲げた侍が飛び出した。

さらにそれに続いて、二人の男が飛び出して来た。おびえつつも、地面に転がった男に駆け寄り、かばうように前に立った。

侍は、その男らに向けて剣を振り上げた。

「よせ」

禎次郎が走る。

刀の柄《つか》に手をかけるが、鯉口《こいぐち》を切ることができない。真剣で渡り合ったことなどないのだ。

「旦那、十手」

勘介の声に、禎次郎ははっと手をまわした。背中に十手を差していることを思い出す。それをつかんで抜くと、禎次郎は侍の前に躍《おど》り出た。

下ろそうとする剣を、十手で遮る。

鉄がぶつかり合う音が響いた。

怯《ひる》んだ侍は動きを止める。

「刃傷《にんじょう》は御法度だ」

勘介が上げた声に、侍は身体を引いた。

「御用」

大柄な岩吉が小さな十手を振り上げて飛び出した。

雪蔵と勘介もそれに続く。

ちっ、侍は吐き捨てると、刀を納める。と、そのまま走り出した。

禎次郎はそれを見送り、目を転がった男へと移した。

地面の男は肩から血を流して、身悶《みもだ》えている。二人の男がおろおろとその上体を起こし、傷に手拭いを巻こうとやっきになっていた。

その姿に禎次郎ははっと息を呑んだ。

「そなたら……」

朝と昼間、忍川で三橋を三枚橋と呼んでいた三人組だ。

意想外の刃傷沙汰《にんじょうざた》に、禎次郎は呆然《ぼうぜん》となる。と、その背後から声がかかった。

「なにかありましたか」

若い僧侶が首を伸ばして、覗き込んでいた。

「ええ、曲者に襲われまして……」

答える禎次郎に雪蔵が「あぁ」とつぶやいて手を伸ばす。

僧侶は倒れた男の血を見ると「なんと」と叫んで、あわてて走り去った。

「旦那、大ごとにしないほうが……」

雪蔵が眉をひそめて、走り去った僧侶の背を見る。禎次郎はそれに気を留めずに、
手負いの男の背を支えた。

「なにがあった。大丈夫か」

へえ、と男はあえぐ息でいう。

「医者のところへ連れて行こう。それから番屋だ」

禎次郎の言葉に、男達が身構えた。

「いや、そいつはいらねえ」

「なぜだ、一方的に襲われたのであろう。相手の侍は顔見知りか」

禎次郎は昼間、三人のあとをつけていたようすの侍を思い出した。が、男は首と手を振る。

「い、いえ、知らねえお人で……」

「そうか、立てるか」

禎次郎は男を支えながら考える。町人のいざこざなら自身番だが、武士の事件なら辻番に届けるのが決まりだ。この場合はどちらか……。

「よし、辻番に行くぞ」

そういって、男達を改めて見る。質素な身なりだ。

「とんでもねえ」

男たちは頭を強く振って、身を引いた。

「ただの辻斬りでさ」

「かまわないでくだせえ」

じりじりと下がろうとする。

そこにいくつもの足音が近づいて来た。

「なにごとか」

先ほどの僧侶が寺の人々を連れて戻って来たのだ。

「あ、仁恵大僧都《にんけいだいそうず》様」

勘介がかしこまる。青紫の衣を来た僧がずいと前に出ると、血に染まった男を見て、目の色を変えた。

「どうしたことか、これは」

「あ、はい、どうも辻斬りに遭《あ》ったようで」

禎次郎が振り向くと、青紫の袖口からのぞく手が震えた。

「なんと、辻斬りとは……清浄なお山で刃傷沙汰など言語道断《ごんごどうだん》っ」仁恵は禎次郎を睨《にら》み据える。「そなた、なんのための同心か。さっさと連れ去れい」

「は……申し訳ありません」

怒気に圧《お》され、禎次郎は頭を下げる。

仁恵大僧都はくるりと背を向けると、忌々《いまいま》しげに地を蹴った。来た道を、ぞろぞろと若い僧侶らも戻って行く。

「こういうときには……」雪蔵が禎次郎にそっとささやく。「お山に知られず、こっそりと連れ出すのがいいんで」

なるほど、と頷きながら、禎次郎は男達を促した。

「さ、この者を医者に連れて行って、それから二人は辻番に行くのだ」

「とんでもねえ」

男達は両腕を振る。

「でえじょうぶですから、旦那はもう行ってくだせえ」

年かさの男が目をつり上げる。斬られた男はだいぶ若く、二十代の半ばくらいだろう。もう一人、三十代半ばほどの男も禎次郎に手を振った。

「へえ、もう平気でさ、こっちでやりやすんで」

引きつった頰で拒絶を続けると、二人の男は手負いの男を立たせようと、腕に力を込めた。

「しかし……」禎次郎は三人の節くれ立った手を見つめた。「そなたたちは百姓であろう」

男達の顔が強《こわ》ばる。

禎次郎は握った拳を振り上げた。

「武器を持たぬ百姓に斬りかかるなど、もってのほかだ。あんな狼藉者《ろうぜきもの》こそ、捕まえなけりゃ気が収まらん。辻番に行って、あの侍の顔姿を伝えてやろうじゃないか。おれも行くから安心しろ」

「いや、本当にかまわねえでくだせえ」

男達が立ち上がる。

そこに人影が揺れた。

「まあ、待て」

墨染めの衣が覗き込んでいた。

「あ、和尚」

昼に三橋で行き会った流雲和尚がそこにいた。小坊主の春童もいっしょだ。

流雲は手負いの男を覗き込むと、谷中の方角を指し示した。

「二人に支えてもらえば歩けるであろう。この小坊主について行くがいい」

「し、しかし……」

禎次郎の狼狽《ろうばい》を、和尚は目で制した。

「辻番へ連れて行けば大ごとになるぞ。谷中にわしが懇意《こんい》にしている寺があるから、そこで手当てをすればいい」

男達が不安げに見合わせる顔に向けて、和尚はにっと笑う。

「安心しろ。公儀の寺じゃあないし、そこの生臭坊主はかたいことはいわん。わしもあとで行く」そういいながら手を小坊主の頭に置いた。「いいな、春童、桃源院《とうげんいん》に連れて行くのだぞ。一炊和尚《いっすいおしょう》がいるはずだ」

「はい」春童は身体をくるりとまわして、男達を振り返った。「参りましょう」

男達は顔を見合わせている。

「大丈夫だ、そら、行け」

流雲の太い声に、男達はおずおずと頷き合うと、足を踏み出した。

「いや、ちょっと……」

引き留めようと手を伸ばす禎次郎を、流雲がじろりと見下ろす。

「なにかわけがあるんだろうよ。ここはわしに任せろ」

「はい」

答えたのは雪蔵だった。

勘介も岩吉も並んで頭を下げる。

「よろしくお願い致します」

禎次郎を置き去りに、それぞれが納得顔で頷き合う。

「いいんですよ、これで。和尚様にお任せすれば間違いはありませんや」

雪蔵が、呆然と佇《たたず》む禎次郎にそっとささやいた。

三

暮れて暗くなった道を、禎次郎は歩いていた。

八丁堀の町並みが見えてきて、帰ってきたのだとほっとする。

町奉行所に勤める与力と同心は、皆、この八丁堀一帯に住んでいる。

与力の屋敷は三百坪前後と広いが、同心の屋敷は百坪がふつうだ。与力の屋敷には広い土間と上がり框《がまち》の式台《しきだい》がある玄関がそなわっているが、同心の屋敷には簡易な入り口しかない。

しかし、どちらも道に面した表側を町方に貸している屋敷が多いのは同じだ。表向きは禁じられているために、医者や儒者《じゅしゃ》、絵師などに貸すことが多い。それぞれに家族もいるために、八丁堀の組屋敷には実は多くの町人が住んでいる。

湯屋からの戻りらしい町人夫婦が、禎次郎の横をすり抜けた。粗末な木戸門の同心屋敷へと入って行く。

禎次郎も家の木戸門をくぐる。

巻田家は町方への家貸しをしていない。それは義母滝乃の意思なのだろうと、婿入りしてしばらくしてから気がついた。

「ただいま戻りました」

上がると、妻の五月が出て来て脇差しを受け取った。

「夕餉《ゆうげ》ができておりますよ」

五月の言葉に板間へと行く。

四つの箱膳が並べられている。目を瞠っていると、滝乃と義父の栄之助《えいのすけ》もやって来て座った。

「皆さん、まだ召し上がっていなかったのですか」

禎次郎の驚きに、正座をした滝乃が毅然という。

「今日は婿殿の転役初日ですから、皆で待っておりました」

「うむ、どうであった」

栄之助が向かいから、顔を覗き込んだ。鬢《びん》に白髪が混じってはいるが、この義父はなかなかの男前だ。同じ婿養子だと聞いているが、この男ぶりが気に入られた一因に違いない、と禎次郎は思っている。

「はい、案外と忙しいお役目でしたが、いや、外を歩くというのは、気持ちのいいものです」

「まっ、なにを呑気《のんき》なことを」滝乃が顎を上げる。「先代から継いできた吟味役を御免になるなど、巻田家の名折れです」

「これこれ」栄之助が取りなす。「御免になったわけではない。よりよいお役に就いたのだ。それに転役はめずらしいことではないぞ。わたしとて一時は本所方《ほんじょがた》に出たこともあるし、ほかのお役を兼任したこともある。役を十、二十と変わる者とておるくらいだ」

「おや、父上もそうだったのですか」

「ああ、そうとも。ずっと同じ役に就いているよりも変わったほうが張り合いが出たものだ。新しい役は見聞も拡がるしな」

「はい、知らずにいたことも多く、勉強になります」

禎次郎はほっとする。

そこに盆を手にした五月が入って来た。

「お燗《かん》がつきました」

栄之助の膳と禎次郎の膳に、それぞれ銚子《ちょうし》を置く。

久しぶりの甘い香りに、禎次郎は目を輝かせた。

「ま、お酒など、節句《せっく》でもあるまいに」

眉間《みけん》にしわを刻む滝乃に、五月は肩をすくめて父を見、それに父が頷く。

「ああ、わたしが申したのだ。山を歩きまわり、疲れたであろうからな」

にこにこと笑む栄之助に、滝乃がきっと顔を向けた。

「まあ、我が家にはそのような余裕はないかと思いますけれど。なにしろ、旦那様は最後まで禄《ろく》が上がることはなかったのですし」

痛いところを突かれて、栄之助はうほんと咳をして顔をそらす。

「母上、なにもそこまで……」

五月は席に着くと、銚子を取り上げて、禎次郎に酌《しやく》をした。酒の香りが鼻腔をくすぐり、禎次郎は一気に杯を傾ける。栄之助も手酌でそれに倣《なら》った。

「うむ、うまい」

「はい、染みわたります」

義父と婿が微笑み合う。

まったく、と滝乃がつぶやく。

「親子になったとはいえ、このようなことが似ては困りますこと」

それには誰も答えず、それぞれが箸を動かす。杯を重ねて頬を赤くした栄之助は、滝乃を見て微笑んだ。

「いやいや、銚子を空ければ調子がよくなる、と、どうだ、これは」

　ま、と滝乃があきれ顔になる。

「またつまらないことを」

　口を尖らせると、ぷいと横を向いた。

　禎次郎は銚子から、最後の一滴を落とそうと振る。もうないかと中を覗く禎次郎に、五月は顔をしかめて溜息をついた。


　敷かれた布団の横で、禎次郎は布を拡げていた。

「なんです、それは」

　横から五月が覗き込む。

　布の内側には細い袋が並んでおり、それぞれに小柄《こづか》が差してある。禎次郎はそのうちの一本を抜き取ると、目の前に掲げた。

「うむ、錆《さ》びてない」

「小柄ですか」

「ああ」禎次郎はそれを手の中で揺らす。「子供の頃、うちは屋敷表を町人に貸していてな、そのうちには子供がたくさんいたんだ。おれはその子らといつも遊んでいたんだが、釘投《くぎな》げが楽しくてな……」

「釘投げ、ですか」

「ああ。拾ってきた釘を藁《わら》で作った的《まと》に投げて遊ぶんだ。おれはそれが得意でな、真ん中に命中させたものさ」

「まあ」

五月が意外そうな顔で見る。禎次郎は苦笑した。

「ほかのことはだめだったが、それだけは上手《うま》いんだ。だから、大きくなってから、釘から小柄に変えて、練習したもんだ」

禎次郎は柱を見つめる。手を上げると、その小柄を投げた。空を切る音が鳴り、柱に小柄が刺さった。

「まあ、柱に……」

声を尖らせる五月に肩をすくめながら、禎次郎は小柄を外しに行く。

明日から懐《ふところ》に入れて行こう……禎次郎は今日のできごとを思い起こしながら、考えていた。まさか、刃傷沙汰が起こるとはな、多少は気を引き締めたほうがよさそうだ……そう、気持ちを新たにする。

戸惑うように見つめる五月から顔をそらしたまま、禎次郎は布団に潜り込む。

「いや、歩きまわって疲れた疲れた」

そういいながらも、頭は冴《さ》えていた。

山で遭遇した三人の男が気にかかる。斬られた男は大丈夫だろうか……それにあの流雲和尚……わけがあるんだろうといっていたな、なにか知っているんだろうか……。

そんな思いが際限なく浮かんでは消える。が、それもいつしか消え、禎次郎は眠りの闇に沈んでいった。


「朝餉のしたくができましたよ」

五月の声で起こされて、禎次郎はゆっくりと布団を離れた。

「今日からはゆっくりでよいのでしたよね」

そういいながら着替えを置く五月に「ああ」と答える。

帯を締めながら板間に行くと、すでに義父母と箱膳が並んでいた。

「いただきます」

白い飯を口に含むと、禎次郎の脳裏に、また昨日のできごとが甦った。三人の男の節くれ立った手と土の入った爪は、日々の農作業を物語っていた。米を作っている百姓が米を食べることができずにいる、と聞いたことがある。

艶《つや》やかな米を見つめて、禎次郎は思いを巡らせた。

「おっと」

栄之助の声が上がった。

口から魚の骨を取り出して、顔をしかめている。

「まあ、すみません、残っていましたか」

五月があわてて、汁椀を覗き込む。

「三枚おろしの中骨を出汁《だし》にしたものですから……」

「ああ、いや、大丈夫だ」

笑う栄之助の横で、滝乃が娘を見る。

「三枚おろしの魚など贅沢《ぜいたく》ですよ」

「あら、いいえ」五月は苦笑する。「身は買っていません。目刺《めざ》しを買ったついでに、あまっていた中骨を魚屋からもらったのです」

「まっ」滝乃が目を剝《む》く。「なんという体裁《ていさい》の悪いことを……」

栄之助の笑いが起きる。

「いやいや、倹約けっこう。御公儀とていくども倹約令を出してきたのだ」

「まあ、それとこれとは話が違います。まったく、禄さえ増えればこのようなこともなくなるというのに……わたくしの父上は、二度も御加増を得たのですよ」

荒らげる滝乃の声に、誰も返事をしない。

禎次郎も黙って目刺しをつつく。

その頭の中で、ある言葉が引っかかっていた。三枚おろし……三枚……。

「あっ、三枚橋」

不意に上げた声に皆の目が集まる。

「あ、いや、なんでもありません」

あわてて取り繕《つくろ》いながらも、禎次郎はごくりと口中の飯を飲み込んだ。

そうだ、三枚橋とはあの話だ……。

急いで膳を空にすると、禎次郎は立ち上がった。

「用事を思い出したので、これから出仕します」

見上げる三人に会釈をすると、禎次郎は慌ただしく出て行った。

第二章　はみ出し者

一

不忍池の端から谷中の台地へ続く坂を、禎次郎は上っていた。

確か桃源院といってたな……。流雲の言葉を思い出しながら、寺町を見まわす。門前を掃く小坊主に尋ねると、箒《ほうき》から手を放して、指を差した。教えられたとおりに行くと、いわれたとおりの門があった。

「ごめん」

誰もいない境内《けいだい》を見まわす。粗末な本堂の脇に、質素な庫裏《くり》がある。いかにも僧侶の住居らしく、飾りけがない。

「ごめん」

戸を叩くと、脇の窓が開いた。

「あ、山同心の……」

小坊主の春童が、小さな顔を驚きに変えた。その姿が消えると、次には戸が開いた。

春童が手を上げてにこりと笑う。

「和尚様がどうぞとおっしゃっています」

案内されて奥へと行くと、一室に数人の男達の姿があった。

禎次郎は廊下から覗き込む。

布団には、昨日、斬りつけられた若い男が座っており、その右側に連れの二人が端《たん》座《ざ》している。

反対側には二人の僧がいて、男達に向き合っている。そのうちの一人がこちらを向いた。

「おう、よくここがわかったな」

大きな身体を揺らして、流雲が笑う。

傍らの僧もこちらを見た。昨日、流雲のいっていた一炊らしい。

「おや、同心か」

流雲とは対照的に、ひょろりとやせた木像ような身体つきだ。生臭坊主という言葉から脂ぎった男を想像していたが、光っているのは頭だけだ。

「南町奉行所から参りました臨時廻りの山同心、巻田禎次郎と申します」

会釈をする禎次郎を指さして、流雲が一炊にいう。

「この男は同心のわりには目が濁《にご》っておらんのだ」

そうか、と僧は禎次郎を見上げる。禎次郎はうろたえて目を瞬かせるが、一炊はすぐに顔を戻した。きゃしゃな左手に白い陶器の小鉢を持ち、右手で白い棒をまわしてなにやら緑色のものを擦っている。薬草らしい。

禎次郎はふと強い視線を感じて、目を三人の男達に移した。男達の顔が、禎次郎の姿を見つめて強ばっていることに気づく。

「あー、いやいや、その、傷はどうかと気になってな」禎次郎はあわてて笑みを作って、皆に愛想を振りまいた。「出仕のついでにちょっと寄ってみたのだ」

「そうか、まあ入れ」流雲が手招きをする。「この一炊和尚は医術の心得があるのでな、心配はいらん」

誘われるままに、禎次郎は布団の足下に座った。

一炊は擦った薬草を傷に当て、新しい晒《さら》しを巻き直している。

「傷は思ったより浅い。これなら腕にも障りはあるまい」

一炊の言葉に、二人の男はほっと肩の力を抜く。

改めて、禎次郎は室内を見まわしていた。殺風景でなにもない。

流雲がにやっ、と笑う。

「ここはこの一炊が一人で暮らしておるのだ。変わり者ゆえ小坊主も居着かない。だが、そのぶん、話も洩れない。安心だ」

「はあ、なるほど」

「一炊とわしは、比叡山《ひえいざん》でともに修行をした昔なじみでな、ひねくれ者だがこれほど信用できるやつもおらん」

「なにをいうか」一炊が流雲を見る。「はみ出し者のおまえになぞ、いわれたくないわい。位なぞほしくないといって日光に逃げおったくせに、突然、のこのこと帰って来おって」

一炊の顔は笑っている。流雲も口を開けて笑いを放つ。

「はは、日光は寒くてな、節々が痛くなるのよ」

「おまえはいつもそうだ。いやになるとなんのかんのといいわけをして逃げ出す。忍《にん》辱修行《にくしゅぎょう》が足りないぞ」

いいあう二人のあいだに、うしろに座っていた春童が進み出る。

「和尚様、忍辱とは、堪え忍ぶ行ですね」

声を誇らしげに上げる。

「ふむ、そうよ」流雲が頭を撫でる。「だがな、我慢してばかりでは病気になる。中《ちゅう》道《どう》も大事よ」

「中道……」春童が顔を輝かせる。「中道は、偏《かたよ》ってはいけない、という教えですね」

「おお、そうよ、ちゃんと覚えておるの。なんでもほどほどにすることが肝要よ」

「はい」

そういって胸を張る春童に、一炊が目を見開く。

「この小坊主はなかなか聡《さと》そうだな。どうだ、うちに来るか」

春童はおたおたと二人の僧の顔を見比べる。

「あの、わたしはまだ、飯も炊《た》けず、役に立たないので……」

一炊が吹き出す。

「はっは、戯《ざ》れ言《ごと》だ。世話の焼ける者は情も湧くからな、執着の元じゃて、わしゃいらん」

ほっと胸を撫でる春童に、誰もが笑顔になった。

禎次郎は和《なご》んだ機に乗じて、三人の男を見た。

「そのほうらは、どこから来たんだ。近在ではなかろう」

男達からたちまち笑みが消え、顔を見合わせる。

「いや、番屋へ行こうというのではない。誰にもいわんから安心してくれ」

禎次郎は穏やかな笑顔を作る。流雲もそれに倣《なら》った。

「わしも気になっておったのだ。ここだけの話にしておくから大丈夫だ」

皆の穏やかな目に促されたように、年嵩《としかさ》の男が居住まいを正した。

「へい、こんなにお世話になって、名乗りもしねえんじゃ申し訳ねえと、おら達も話しておりやしたとこで……。おら達は房州安房《ぼうしゆうあわ》の崎山《さきやま》から来たんでさ」

「崎山藩か……内海に面したところだな」

禎次郎がつぶやく。以前、公事《くじ》で扱ったことがあった。

「へい、山間《やまあい》の在のもんで、おらは仁右衛門《にえもん》といいやす。で、この斬られたのが大作《だいさく》で、こっちが長兵衛《ちようべえ》です」

それぞれが頭を下げる。大作は二十代の半ば、長兵衛は三十代の半ばといったところだろう。

「江戸見物……というわけではなさそうだが」

禎次郎は笑みを消さないように気をつけながら問う。が、男達はうつむいてしまい、禎次郎はさらに声を和らげた。

「いや、昨日、おれが三橋を通りかかったときに、そなたらは三枚橋といっていたであろう。橋の下を覗いて、これでは隠れられないなどといっていた……それで今朝になって思い出したんだ。子供の頃に聞いた佐倉惣五郎《さくらそうごろう》の話を」

おしまいの言葉で禎次郎の声が思わずうわずった。一炊がそこに問いかける。

「なんだ、その佐倉なんとかというのは」

「直訴《じきそ》したんです」春童が腰を浮かせる。「わたしも婆《ばば》から聞きました。佐倉惣五郎は上野の三枚橋の下に隠れて将軍様のおいでを待つんです。で、橋を渡るときに、直訴状を差し出したんです」

ふむ、と流雲が頷く。

「橋の名前は取り違えられておるし、あんな低い橋の下に人は隠れられん。話が面白いように変えられていったんだろうが、直訴は真《まこと》にあったことだ。もうずいぶんと昔……そうそう、もう十数年前、宝暦《ほうれき》二年（一七五二）に、惣五郎の百回忌が行われたという話よ」

「ほう、そうであったか」

一炊の腕組みに、流雲は頷く。

「おまえは俗事には疎《うと》いからな。まあ、わしも忘れておった。だが、この仁右衛門らに、昨日、黒門の前で呼びとめられてな、将軍様はここを通るのかと訊かれて、そうだと答えて、あとになって思い至ったのだ。いかにも百姓らしい者が将軍様になんの用があるのかと考えてな、これはもしや、と……」

ああ、そうか……と禎次郎は腑に落ちた。流雲はそれを察していたために、番屋へ行こうというのを遮って、ここに匿《かくま》ったのか……。そう考えると、己の鈍さに舌打ちしたくなる。

流雲はうつむく三人の男達を見た。

「惣五郎に倣おうとしておるのか」

仁右衛門がその顔を上げる。

「おらの村は山に囲まれていて、田畑も狭い。米なぞ少ししか穫《と》れねえっつうのに、年貢《ねんぐ》が年々重くなって、田畑を捨てて逃げ出すもんがあとを絶たねえ。百姓が減るから、ますます年貢が重くなるってえ始末で……安房には人骨山《ひとほねやま》っつう山があって、食えねえもんは、六十を過ぎるとそこに親を捨てに行くんだ」

「姥捨《うばす》てか」

禎次郎はつぶやく。

「むごい話だ」一炊が膝を撫でる。「まあ、珍しいことではないがの。拙僧も首吊りの木というのを見たことがある。陸奥《みちのく》を旅していたときに、妙な気配の木があってな、聞けば、鍬《くわ》を持てなくなった年寄りがその木で首を吊るんだというではないか。さてもさてもと、経を読んだものだった」

皆から溜息が洩れる。

「しかし」禎次郎が身を乗り出す。「国許では、手を打っていないのか」

「手を打つどころか……」

長兵衛が吐き捨てるようにいうと、仁右衛門がそれを受けた。

「へえ、五年前程前に、村々の名主様方がお城の門に集まって、訴えたことがあったんでさ」

「強訴《ごうそ》か」

禎次郎のつぶやきに、仁右衛門が頷く。

「へえ。けんど、お城を守っていた御家老様は、話を聞くどころじゃねえ、家臣らを差し向けやして、無礼だと打ち据えたんでさ。怪我をした名主様もいたほどで……それからは名主様には厳しく当たられて、村を出ることもできねえ。だから、おら達がこっそりと江戸に出て来たんで」

「なるほど、それなら江戸藩邸に訴えてはどうだ。誰か、話のわかる役人がいるのではないか」

「へい、もう行きやした」

肩の傷を撫でながら大作がいう。

「けど、役人は話も聞いてくれやしねえんで。それどころか、田畑を放って江戸に来るとはなにごとか、と怒鳴りつけられたんでさ」

長兵衛も頷く。

「江戸家老様にお会いしてえといっても、とりあっちゃくれねえ。国に帰れ、と目のこええ侍に刀を抜かれそうになったんで、逃げ出したわけで……」

「あ、では」禎次郎が膝で進む。「あの斬りつけた侍は江戸藩邸の者か」

「そうかもしれやせん。見たことのねえ顔だったけんど……」

「なるほどのう、直訴などされてはたまらんからな」

一炊の言葉に流雲が続ける。

「おう、いっそ叩き斬ってしまえ、と考えたに違いないわ。まったく武士なんてもんは碌《ろく》でもねえやつらだ」

禎次郎のことを気遣うふうもなく、言い放つ。

禎次郎は流雲の剛気《ごうき》さに苦笑しつつ、三人を見つめる。

「佐倉惣五郎の話、おれもよく覚えちゃいないが、確か江戸に来たものの、何度も出直したり、国で相談し直したり、ずいぶんと月日をかけたはずだぜ。そう簡単にいくもんじゃないっていうことだろうよ。考え直すのが身のためだ。やれば下手《へた》をすれば磔《はりつけ》獄門《ごくもん》だぞ」

「けんど」仁右衛門が見つめ返す。「おかげで佐倉の村のもんらは助かった」

その意気の強さに、禎次郎は気圧《けお》された。

流雲がはたと顔を向ける。

「そうか、明後日の二十日を狙っていたのか」

「二十日……」禎次郎はひねった首をすぐに戻した。「ああ、そうか、吉宗公《よしむねこう》の月命日《つきめいにち》か」

禎次郎は片倉から山の行事表を受け取ったのを思い出す。上野に御廟のある将軍の命日が記されたものだ。将軍自ら参拝に来ることもあるし、大奥の女中達や重臣が代参に来ることも多いという。その日は警備のために、臨時廻りもやって来ると教えられた。

「月命日は、祥月《しょうつき》命日と違って将軍様が来るとは限らないぞ。仮に来られても、警備が多くて、近づくことなど無理に決まってる。やめておけやめておけ」

禎次郎が笑顔を作って明るくいう。

「うむうむ、そうよ」流雲も頷く。「佐倉惣五郎など、女房と幼い子供らまで磔にされたはず。命あっての物種よ。ここでしばらく養生して、もっとよく考えてみるがいい。かまわんだろう、一炊よ」

「ああ、そいつはかまわんがの……これまではどこにおった」

「へい、深川《ふかがわ》の旅籠《はたご》でさ」

「旅籠か、それは物入りだ。ならば、そこを引き払って来るがいい」

「いいんですかい」

三人の声が揃う。

「かまわん。その代わり飯はろくなものは出せんぞ」

はは、と笑う一炊に、三人はかしこまる。

「へい、ありがてえこった」

「助かりやす」

仁右衛門は強ばっていた顔をほぐす。そこに禎次郎は声を落としていった。

「宿から戻って来るときには、うしろに気をつけるんだぞ。昨日の侍は、おそらく藩邸からそのほうらのあとをつけて、旅籠を突き止めていたはずだ。まだ、誰が見張っているかわからんからな」

「へえ」

仁右衛門は神妙に頷いた。

山を見廻りながら、禎次郎は顔を上げた。壮大な根本中堂の上に、よく晴れた青天が広がり、白い雲が流れていく。

「旦那、御本坊を廻りましょう」

一歩先を歩く雪蔵が振り返って、先にある荘厳な門と、その奥に縦横いくえにも連なる重々しい屋根を指さした。

高い塀に囲まれた本坊は、しんとした静寂を湛えている。中で暮らす門主《もんしゅ》は宮家の親王などが就くことになっており、代々、輪王寺宮《りんのうじのみや》と称される。

「まあ、ここは寺侍の山同心が守ってますんで、あたしらが関わることはありませんん」

雪蔵はそういいながら、長い塀を左に廻って、うしろ側に進む。このあたりには参拝客はほとんど足を運ばない。

その先は山の最奥だ。長く高い塀で囲まれており、風に揺れる木々だけが命を感じさせる。

塀を見上げる禎次郎のうしろに勘介と岩吉も並ぶ。

「この奥が御廟所です。将軍様方の御霊屋《おたまや》があります。まあ、ここも入れませんから、ざっとまわりを歩くだけで十分です」

そう説明して、雪蔵は歩き出す。

禎次郎はその背に声をかけた。

「公方様はしょっちゅう御参拝に見えられるのかい」

「あぁ、いえ」雪蔵は振り向く。「祥月命日にはさすがに公方様が見えられますけど、月命日だと、御重臣や大奥の方々が御代参に見えることが多いですわ。まあ、御廟は芝《しば》の増上寺《ぞうじょうじ》と半々になっていて、こちらにすべての将軍様が祀られているわけじゃありませんし」

雪蔵は立ち止まる。

「勘介や、どなたの御廟所があるか、いっておくれ」

「へい」

勘介は進み出ると、塀の内側に手を向けて、胸を張った。

「まず、寛永寺に祀られているのは、神君徳川家康公。元和《げんな》二年（一六一六）の四月十七日に御逝去《ごせいきょ》あそばされてございます。ですが、御霊屋はここにはありませんで、神様としてあちらの東照宮《とうしょうぐう》に祀られております。さて、お次は四代将軍の家綱公《いえつなこう》、延宝《えんぽう》八年（一六八〇）、五月八日にお亡くなりになられました。その次は五代将軍の綱吉公《つなよしこう》、宝永《ほうえい》六年（一七〇九）の一月十日に御逝去。そのおあとは八代将軍吉宗公、寛延《かんえん》四年（一七五一）六月二十日が御命日でござりまする」

芝居がかった口調ですらすらと述べる勘介を、禎次郎は呆然として見つめた。

「すごいな、全部、覚えているのか」

「へい」勘介は頭を掻く。「あたしはお調子者だの、軽っぺえだのいわれますが、餓鬼の時分から物覚えだけはいいんで」

その顔を見て、雪蔵は苦笑しながら歩き出す。

「まったく、頭が詰まっているんだか空なんだか、わからん男ですわ」

そろぞろとまた歩きながら、禎次郎は勘介の言葉を反芻《はんすう》していた。

「まて、確かどなたかの命日が五月といったな」

「へい、家綱公が五月の八日です」

祥月命日か……禎次郎は胸の中でひとりごちた。

山の勾配をあちらこちらと歩き、不忍池に下りる。ここの弁天堂も寛永寺の諸堂のうちの一つだ。弁天堂までには盛り土で細い参道が作られており、人々が行き交う。池の周囲には茶屋や料理屋が並び、窓からはにぎやかな声ももれてくる。

池の端を廻って、また黒門をくぐった一行は、広い参道を上りはじめた。吉祥閣の二階の回廊からは、物見客らの楽しげな声が降ってくる。

そこを過ぎれば、二つの堂とそれをつなぐ通天橋が目の前だ。

「これは担《にな》い堂ともいうんですよ」雪蔵が指を差す。「比叡山にあるものと同じに造ったそうで、あちらでは弁慶が肩に担いだといわれているそうです。まあ、こんなに大きなもの担げるはずはありませんがね」

「なるほど」

禎次郎は頷く。二つの堂とそれを渡す橋は、まるで天秤棒《てんびんぼう》のようにも見える。

こちらは閉ざされており、物見客は入れない。

橋をくぐろうとしたそのとき、右の法華堂の陰から、一人の男が姿を見せた。

「あの、旦那……」

仁右衛門だ。手にはいくつかの荷物を抱えている。

「おう、ここで逢うとはな」

禎次郎の言葉に仁右衛門は首を振る。

「いえ、待っておりやしたんで。宿を引き払ってきたんですが、ここにいれば巻田様が通られるんじゃねえかと思って……」

ほう、と禎次郎は首を巡らせた。

「よし、じゃ、桜茶屋に行こう。おい、ちょっと休憩だ」

禎次郎が供の三人に声をかけると、皆、笑顔になって早足になった。勘介と岩吉は先を争って右側に廻って走り、桜茶屋を目指す。

幟のはためく茶屋は、客達で賑わっていた。

長床几に空きを見つけると、禎次郎は仁右衛門を手招きした。端でちょうど町が見渡せる場所だ。

「まあ、旦那、いらっしゃいまし」

お花が茶とみたらし団子を持ってくると、にっこりと笑う。置かれた皿を、禎次郎は仁右衛門のほうへ押した。

「さ、食え。ここは茶は薄いが団子はなかなかだ」

禎次郎の勧めに、仁右衛門は頷いて茶をすする。丸めた背中の仁右衛門は、目だけを上に向けて、禎次郎を見た。

「すいません、ちと訊きてえことがありやして。お寺で尋ねるわけにはいかねえこと
なんで……」

「おう、なんだ」

団子を頬張りながら、禎次郎が頷く。

「へい、吉原《よしわら》っつうとこにはどう行けばいいんでやしょうか」

禎次郎はぐっと団子を飲み込んだ。

「吉原か……」禎次郎は町に目をやると、やや左の方角を指さした。「あそこ、大川
の手前に、大きな屋根と五重塔が見えるだろう。あれが浅草寺だ。で、吉原はその左
手のほうにある。ここから歩いても、そうさな、半刻《はんとき》(一時間)かからないだろう」

はあ、と仁右衛門は背筋を伸ばして、その方角を見つめる。

「行くのか」

禎次郎の問いに、仁右衛門はまた背中を丸めた。

「へえ、実は……おらの娘がいるんで……」

「娘……」

売ったのか、と腑に落ちる。仁右衛門は茶碗を握りしめた。

「村には女衒《ぜげん》がよく来やして、女房を売ったもんもいるし、十にもならない幼い娘を

売ったもんもいる。うちには十六になった娘がおりやした」

「十六か、娘盛りだな」

「へえ。おみつは色は白いし、かわいい目をしてて、近在でも器量よしと評判で……だけんど、年貢を払ったら鍬さえ買えなくなっちまって、そこに……」

団子の串《くし》を持ったまま、禎次郎は言葉を探す。が、なにをどういえばいいのか、迷うばかりで浮かんでこない。

仁右衛門が顔を町に向けた。

「おみつは吉原にいるにちげえねえんだ。連れて帰れなくても、せめて、ひと目、顔が見てえ」

禎次郎は残っていた団子を口に入れる。吉原とは限らない、と思うが、それを口にするのはためらわれた。

「よし」団子を飲み込んで、禎次郎は仁右衛門を見た。「おれが明日、いっしょに行ってやろう。どうせ明日は非番だ」

外に出る口実ができてちょうどいい……そうほくそ笑む。

へっと、仁右衛門の目が見開いた。

「いいんですかい」

「ああ、吉原はおれも行ったことはあるぞ。上がったことはないがな」

ははは、と笑って肩を叩く。

「さ、団子を食え。固くなっちまうぞ」

差し出した団子の皿を、仁右衛門は頷きながら受け取る。が、その団子をじっと見つめた。

「米が、こんなになって、毎日食われてるとは……村では団子なんぞ祭りの日にしか食えやしねえのに……」

「団子は米なのか」

思わず禎次郎は訊く。

ふっと顔を歪めて、仁右衛門は口を開けた。

「団子を作る上新粉《じようしんこ》は米の粉だ」

そういって、団子を口に突っこんだ。

嚙《か》みしめるように、仁右衛門は口を動かす。

もの知らず、という決まりの悪さを感じて、禎次郎は身体をひねって供らを探した。

岩吉は幟を直している。

「助かるわ、岩吉さん、今日は風が強くて」

お花が肩を揺らして微笑む。

「こっちも直したぜ」

勘介は乱れた緋毛氈を引っ張ってお花を見上げる。

「ありがとう、勘介さん」

手を合わせてお花が笑う。

ま、いいさ……禎次郎は腹の中で失笑する。

傍らの仁右衛門がすっくと立ち上がった。眼下に広がる町へと近寄るように、崖の際まで進んで行った。

二

暮れた八丁堀の道を、禎次郎はいつもと違う方角に曲がった。その先には生まれ育った実家の河出家《かわでけ》がある。

昔からなにひとつ変わらない木戸門をくぐり、明かりの灯った窓を見る。屋敷の表はいつも町方に貸してきた。今は七年前から儒者の一家が住んでいる。手習い所で教えている儒者の口利きによって、禎次郎もそこで師匠をさせてもらっていたのだ。

「ごめん」

勝手口の戸を開けると、台所には母の節《せつ》が立っていた。

「まあ、禎次郎」

湯気の立つ竈《かまど》から離れて、寄って来る。

「どうしたのです、こんな遅くに」

「ああ、仕事が終わるのが遅いのです」

「まあ、そうでした、山同心に変わったのでしたね。ちょうどよい、湯を沸かしていたのです、湯漬けをお食べなさい」

釜から飯を盛ると、そこに熱い湯をかけて、佃煮《つくだに》を載せる。

「父上は」

禎次郎は首を伸ばす。

「碁《ご》を打ちに行っています」

母の返事に、禎次郎はほっとする。

「さ、お上がりなさい。お腹が空いているでしょう」

母は盆を手に上がりながら、廊下の先へと声をかける。

「太一郎、禎次郎が参りましたよ」

板間に入ると、すぐに足が響いて、兄の太一郎がやって来た。仁王立ちになって、座った禎次郎を見下ろす。

「なんだ、まさか巻田家から追い出されたのであるまいな」

「違いますよ」禎次郎は苦笑する。「母上にちょっとお尋ねしたいことがあって、寄っただけです」

そうか、と太一郎は背を向ける。

「ならばよい」

そのまま、廊下を戻っていく。

「まあ、そっけない」

母は眉を寄せる。そして、そっと顔を禎次郎に近づけた。

「太一郎は変わりました。近頃はますます志乃《しの》のいいなりになって、親までおろそかにするのですよ」

志乃というのは兄の妻だ。十年前に嫁に来たもののなかなか子ができず、五年前にやっと娘が生まれ、二年前に息子が誕生した。

「嫁に来たばかりの頃はまだおとなしかったのに、息子を生んだとたんに、気が強くなって……手がかかるだろうと、わたくしが料理を作ったりもするのだけれど、礼もいわないのです」

口を尖らせる母の目をかわして、禎次郎は湯漬けをかき込んだ。あさりの佃煮を飯粒とともに嚙みしめる。母は咀嚼《そしゃく》をする息子の顔を覗き込みながら、言葉を続けた。

「そもそも親のしつけがいかがなものか……このあいだなぞ、孫の顔を見に、と志乃の母御が来たのですが、手土産《てみやげ》のお饅頭《まんじゅう》が六つだけだったのですよ」

禎次郎は頭の中で数を数える。太一郎一家で四個、父と母で二個、母御に一個……確かに一つ足りないな……。その計算を見透かしたように、母が頷く。

「しかたがないので、わたくしはけっこう、といったのです。されば、母御は数を間違えましたといって、平気で自分の分を食べたのです。ではこれを、とこちらに差し出すのが礼儀というものではありませんか」

禎次郎は黙って湯漬けを食べ続ける。

「母御が母御なら、娘も娘。ではわたしの分を、というのが嫁の気遣いというものでしょう。それもせずに、志乃も平然とお饅頭を食べて……」

母の眉尻が上がっていく。

「おまけに、太一郎までが同じように……あの子は、昔はお菓子をもらえばすぐにわたくしに持って来たというのに……母上どうぞといって、かわいらしい手で差し出したものですよ」

　禎次郎はふっと胸の内で苦笑する。おれだってそうしたんだがな……そう思うが、口には出さない。

「太一郎はわたくしがお饅頭が好きなのを知っているのに」

　勢いが増してくる母の声を、禎次郎は耳の外に流した。

　やれやれ、こんなふうに人の悪口をいう人ではなかったのにな……そう思いながら、母をちらりと見る。よほど嫁が癪《しゃく》に障るのだろう。まあ、それは無理もないか、と納得する。

　長男の太一郎は昔から父と母からだいじにされていた。なにかというと総領息子という言葉が使われ、次男三男とは別格だった。特に母は太一郎に手をかけ、味噌汁の具は誰よりも多く、魚もいちばん大きなものを膳につける。それが当然なのだという気風に、禎次郎も不満を感じることはなかった。新しい着物は次男に下り、さらに三男の禎次郎にまわってくる頃には擦り切れなどもあったが、やはり文句はいえない。そういうものなのだというあきらめが、日々、積もるばかりだった。

　それほど手をかけた長男を、母は嫁にとられたと思っているに違いない。

「それでね、禎次郎……」

さらに勢いを増しそうな母に、禎次郎は笑顔を向けた。

「あー、いや、実は母上にお聞きしたいことがあるんです」

「あら、ま、なんですか」

言葉を遮られて、母は寄せていた身体をまっすぐに戻した。

「はい、子供の頃に佐倉惣五郎の話を聞かせてくれましたよね」

「ああ、ええ、ええ。わたくしも兄上からさんざん聞かされて、夢中になった話でしたからね」

「伯父上から聞いた話でしたか。あの話がまた聞きたいのです。父上がおられないなら、ちょうどいい」

「あら……ええ、父上はお上《かみ》だいじで、直訴や一揆《いっき》がお嫌いですからね。なれど、どうしてまた急に、そんな話を」

「いえ、上野の山を見廻るようになって、思い出したんです。ですが、はっきりと覚えていないところもあるので、気になって……」

「まあ、そうでしたか」

母の顔に笑みが浮かぶ。では、と小さく咳払いをすると、胸を張って口を開いた。

「佐倉惣五郎、姓は本当は木内《きうち》というのです。下総《しもうさ》の国、印旛郡《いんばごおり》佐倉の公津村《こうづむら》の名主でありました。国を治める佐倉城主は堀田正信《ほったまさのぶ》。父の正盛《まさもり》は家光公《いえみつこう》から御寵愛《ごちようあい》を受けて出世をして老中にまでなった男。その父から家督を継いだ正信は傲岸不遜《ごうがんふそん》、傍若無人《ぼうじやくぶじん》、政《まつりごと》は家臣任せにしながら、年貢は倍に引き上げるという無謀ぶり……」

母は語り馴れた芝居口調で、すらすらと言葉を並べる。

「そんな国であったために、国役人らも、無謀の限り、一升枡《いつしようます》を作り替えて、一升三合入るとんでもない升で米を量る始末。役人達は己の懐を肥やし、民百姓が無体《むたい》を訴えても、取り合うどころか打ち据えるという残虐非道《ざんぎやくひどう》。ついに耐えかねて、名主らが集まって、江戸藩邸に訴え出ることにあいなり候《そうろう》。そのうちの一人が木内惣五郎でありました」

禎次郎は頷いて、言葉を挟む。

「江戸に来て藩邸で訴えても、相手にされなかったんですよね」

「さようさよう」母はすっかり講談師気取りで頷く。「されば、将軍様に直訴しかない、と思いを定めた惣五郎。書状を胸に上野の三枚橋に隠れてその機を待つことに」

「あ、それ」禎次郎は声を高める。「三橋の間違いです」

「ええ」母が真顔になった。「わたくしもわざわざ見に行きましたよ。黒門の前にあるのは三橋で、隠れられるような場所などありはしません。話が伝わるうちに変わったのでしょう。それとは別に、橋は担い堂の通天橋で、上をお渡りになる将軍様に、竹に直訴状を差して掲げた、という話もあるのですよ」

「そうなんですか。いや、でも、通天橋は高すぎるし、御廟の参拝で渡るとは思えませんが」

「だから、それも作り話でしょうよ。話というのは面白おかしくするために、作り替えられていくものです」

「はあ、されど、直訴は真《まこと》なんでしょう」

「それは真でしょう。ただ、将軍様に渡されたのではなく、保科正之《ほしなまさゆき》様が受け取られて、御裁可を進言されたという話もあるのですよ」

保科正之は家光の異母弟で、将軍の信任も厚い重臣だった。

「なるほど、英明で慈悲深いという保科様に渡れば、善処されたことでしょうね」

「ええ、御公儀は佐倉の政《まつりごと》を吟味して、税や民の役を軽くせよと命《めい》を出したそうですよ。なれど、お家お取り潰しにはならなかったのです。おまけに惣五郎は、悪政恣《ほしいまま》の領主堀田正信に引き渡され、磔の刑が科せられた……」

母の口調がまた講談調になっていく。

「直訴をされ、怒り心頭の堀田正信、復讐とばかりに惣五郎のみならず、妻と幼い男《お》子《のこ》四人までをも磔に……惣五郎は磔の身で声を振り絞る。我が命、万民のため捨つるは惜しくはないが、西も東もわからぬ幼子の、命はせめて助けたまえ、と。されど、その願いは聞き入れられず、父と母の目の前で、哀れ幼子らは串刺しに……その無残な有様を見て、惣五郎と妻は悪領主に最後の声を振り絞った。この非道許さじ、堀田の家を呪ってくれようぞ」

「ああ、そうそう、そういう最後でしたね」禎次郎が頷く。「けど、そのへんは真かどうか怪しい話だな」

「そうですね、面白くするための話でしょう。なれど、ずいぶん経ってからですが、堀田正信は気がふれてお家も改易《かいえき》になったようですよ」

「そうなんですか」

「ええ、これも兄上から聞いたことですけど、堀田正信はおかしなことをいったりしたりするようになって、最後は阿波徳島《あわとくしま》の蜂須賀家《はちすかけ》にお預けになったんですって。危ないからと刃物は取り上げ、剃刀《かみそり》すらも与えられなかったというから、本当におかしかったのでしょう。時の将軍家綱公が亡くなられたときに、鋏《はさみ》で自刃《じじん》したようですよ。刺したのか切ったのかはわかりませんけど」

「へえ」

禎次郎はしみじみとして腕を組む。

「いや、しかし母上、よくこと細かに覚えていますね」

「それはそうです、娘の頃に聞いた話でいちばん面白い話でしたからね。若い時分に聞いた話は忘れないものです」

母はほうと息を吐く。が、その顔が引き締まった。

「それよりも禎次郎、先ほどの話ですよ。志乃ときたら、こうしてそなたが来ているというのに挨拶にも来ない。わかるでしょう、嫁の立場というものをわきまえておらぬのです」

「ああ、はあ……おれは別に気にしませんが」

禎次郎は曖昧《あいまい》に笑う。

母は息子の気の抜けた顔に毒気を抜かれたのか、ふっと肩を落とした。

「そなただけは子供の頃から変わりませんね。なにをいっても生返事で、聞いているのか聞いてないのか……」

「いや、ちゃんと聞いてますよ」

禎次郎は愛想笑いを浮かべる。

「そう、なれば聞いておくれ、三月の節句のときに……」

また話し出そうとする母に、禎次郎は掌を向けた。

「あ、いや、もう帰らねばならんので」そういいながら、あわてて立ち上がる。「あまり遅くなると怒られてしまう」

「まあ、怒るのですか。誰が、五月殿ですか、それとも……」

腰を浮かせる母に、禎次郎はさらに手を振る。

「ああ、いえ戯れ言です。帰って飯を食い直すんで、また」

禎次郎は背を向けて勝手口へと向かう。

「まあ、お待ちなさいな」母が追って来る。「巻田家のことも気になっているのですよ。滝乃様の噂を聞きました。無駄がお嫌いだそうですね」

「その話はまた」

禎次郎は雪駄を履く。

母はあきらめたように、土間に立った。

「またお寄りなさい」

戸口から見送る姿に、禎次郎は小さく頭を下げた。

家に戻ると、板間に一つ、箱膳が置かれていた。中にあったのは握り飯が二つと小《こ》松菜《まつな》と油揚げの煮浸《にびた》し、それに香の物だ。禎次郎は握り飯を口に運んだ。実家で湯漬けを食べたものの、一日、歩いた身にはとても足りない。

「遅いお帰りでしたね」

五月が温めた味噌汁を持って、入って来る。

「ああ、ちょっと、見廻りが長引いてな」

大根のぬか漬けをつまみながら、飯を頬張る。実家に寄ったといえば、なんの用かと詮索《せんさく》されそうで面倒くさい。

禎次郎は置かれた椀を手に取って、味噌汁を流し込んだ。五月は傍らでじっとそれを見ている。が、禎次郎はその目には気づかないふりをして、食事を続ける。

五月は母の滝乃と違って言葉数が少なく、話をしても弾むことはない。まあいいか、と禎次郎はいつも話を振ることもなくすませてしまう。

「まあ婿殿、ごゆるりの御帰還ですこと」

滝乃が入って来た。こうした気取ったものいいをするときは、特に機嫌が悪いのだと、禎次郎は婿に入ってから一年目に気がついた。また虫の居所が悪いのだろう、と禎次郎はにこりと微笑む。

「遅くに音を立てて申し訳ありません」

滝乃は立ったまま、顎を上げる。

「婿殿、明日は非番だそうですね。棚直しをお願いしますよ」

あー、と禎次郎は頭を掻く。

「すみません、それはまた別の日に致しますので。明日は用事がありまして、出かけなくてはならんのです」

「あら、用事とは」

五月の問いに禎次郎は、ははと笑う。まさか吉原に行くとはいえない。

「いや、ちょっと人助けで」

「まあ」滝乃の声が尖る。「家の者を助けずによその者を助けるなど、一家の当主としていかような料簡《りょうけん》か……」

「母上」五月がおずおずと声を挟んだ。「旦那様は後日とおっしゃっておられるのですから……」

「まあ」

母が目を剝く。

禎次郎も思わず妻の顔を見た。五月は母には従順で、これまで言葉を返したことなどない。五月は顔を伏せつつも、小さな声で続けた。

「人助けならよいではありませんか」

ま、と母は拳を握る。が、不承不承《ふしょうぶしょう》という体《てい》で背を向けた。

「では、後日、きっとですよ」

出て行く母を見送って、禎次郎は五月に顔を向ける。

「いや、助かった」

そういって笑顔になる夫に対して、妻は微笑んで肩をすくめた。

三

上野で落ち合って、禎次郎と仁右衛門は浅草へと歩いた。

雷門《かみなりもん》をくぐって、浅草寺の境内を進む。上野と同じように、こちらも多くの参拝客で賑わっている。

堂宇や五重塔を見上げる人々のあいだを、仁右衛門はもくもくと抜けて歩く。心ここにあらずというその面持ちに、禎次郎はわざと朗《ほが》らかに話しかけた。

「ここの観音様は大川から引き上げられたというぞ。御利益が大きいといわれていていな、こうしてたくさんの人が集まるのだ」

「へえ」

その本堂を見ようともせずに、仁右衛門は歩く。

「あのな」禎次郎は身体を寄せて声を落とす。「明日の月命日だが、将軍様はおいでにならないそうだ。大奥の御年寄《おとしより》が御代参されると、昨日、知らせが入った」

仁右衛門はちらりと禎次郎を見る。

「へえ、今朝、流雲和尚様からもそう聞きやした」

「そうか」禎次郎は腕を組む。「まあ、こういうのは運だからな、今はやめておけということだ」

「へえ。大作も怪我をしたことだし、やめようと皆で話がまとまりました」

「そうか、いや、それならいいんだ」

禎次郎の足が軽くなる。

浅草寺を抜けて、二人は道を進んだ。

「本当はな、大川を舟で上って、山谷堀《さんやぼり》で降りて日本堤《にほんづつみ》を行く。それで吉原に入るのが粋だといわれておる。まあ、こっちは遊びに行くわけではないから、どうでもいいことだが」

禎次郎は上っ調子に説明する。この先、仁右衛門が味わうであろう失望を思うと、どうしても朗らかにふるまいたくなる。ちょうど、人々の賑わいが聞こえて、見返り柳と大門《おおもん》が見えてきたところだった。

広く曲がった衣紋坂《えもんざか》を下って、郭《くるわ》を囲む堀を渡る。

「ここが吉原大門だ」

屋根を載せた頑丈な門を、禎次郎は先に立ってくぐる。

昼とはいえ、すでに多くの男達が来ており、格子の中にもあでやかな女達の姿があった。仁右衛門はひととき、呆然と立ちすくんで、連なる屋根や二階建ての軒先につるされた提灯《ちょうちん》を見上げた。が、すぐに遊女達の高らかな声に顔を向け、格子へと走り寄った。

木で組んだ格子に手をかけて、目を見開いて覗き込む。粗末な着物の初老の男には誰も目を向けない。物見だけで客ではないと、遊女達の目は踏んでいる。

遊女らはそのうしろに立つ禎次郎を手で招いた。

「お侍さん、上がっていっておくんなまし」

腕は棒のように細い。開いた胸元も、骨が浮いて見える。

禎次郎は顔をそむけながら、横に振った。

仁右衛門は握りしめた手を放すと、次の格子へと移る。

最初の店と同じに、ここにも首に真っ白なおしろいを塗った娘達が、赤い襦袢《じゆばん》を覗かせて、しどけなく座っている。

仁右衛門はまたひとしきり眺めまわして、次の店へと足を進めた。禎次郎もそっとうしろからついていく。

壁にもたれかかっていた娘が、禎次郎の姿を見て四つん這《ば》いで寄って来た。

「ちょいと、お武家さん、あちきはどうだえ」

格子から腕を伸ばす遊女に、禎次郎は一歩、うしろに下がった。

まわりの男達が目を輝かせているのとは反対に、禎次郎の目は険しくなる。女達の姿に、気が滅入っていくのを押さえることができない。

「仁右衛門さん」

禎次郎は格子にしがみつくやせた背中に、そっと声をかけた。振り向く仁右衛門に、

禎次郎は大門の脇にある小さな祠《ほこら》を顎で示した。

「しまいまで見たら、大門に戻って来てくれ。おれはそこのお稲荷《いなり》さんのところで待っているから」

頷く仁右衛門に手を振って、禎次郎は朱塗りの祠へと進んで行った。堀で囲まれた吉原の郭内には、五つの稲荷社があるという。しかし、禎次郎はこの祠しか見たこと

がない。数年前、友に誘われて吉原見物に来たものの、皆のように高揚することもなく、一人、先に帰ってしまったからだ。

祠の傍らで、禎次郎の胸中に、過ぎたさまざまな日々が湧き上がっていた。


あれは十歳になったばかりの頃だ。

実家の斜め向かいの同心の屋敷は、医者に表を貸していた。その医者の息子だった鶴吉《つるきち》とは、同い年でよくいっしょに遊んだものだった。ときには、その姉のおなみも加わった。

白くふっくらとした頰と赤い唇が、市松人形《いちまつにんぎょう》を思わせる顔だった。誰かが転べばおなみはすぐに助け起こしてくれる。土を払う小さな手も、やはり人形のようだった。かまってほしくて、わざと転んだこともあった。

そのおなみを最後に見たのは、夏が盛りの昼下がりだった。両国橋《りょうごくばし》の広小路で見せ物を見物していると、人混みの中におなみが姿を見せた。見たことのない男に手を引かれ、口を固く閉じ、歩いていた。

「おなみちゃん」

そう呼びながら近づくと、男はおなみの手をぐいと引いた。おなみは横目で見るだけで、そのまま前へと歩いて行く。

その張り詰めた面持ちに、それ以上、名を呼ぶことはできず、ただ呆然と見送った。が、橋に足をかけたとき、おなみは振り返った。そのほんのひととき、目が合った。

しかし、小さな姿はすぐに人の波に消えた。

おなみの一家は、翌日、いなくなった。父親は医者とは名ばかりで、博打《ばくち》好きの男だった、と知れた。大人達のうわさ話を漏れ聞いた子供達が、次々に話を持ち寄ったのだ。おなみは身売りされたのだ、といくつもの口がいった。

身売り……。それがなにを意味するのか、子供にはよくわからない。身売りされた子供の行く末を、身をもって知ったのは、十九のときだった。

友数人と深川の冬木町《ふゆきちょう》に行くことになった。岡場所に上がるためだ。

それぞれに遊女を選ぶなか、残った娘を禎次郎は買うことにした。やせた身体に哀れを感じたせいもある。

お梅《うめ》という名は、親がつけた名ではなかっただろう。いかにも不似合いだった。

「いくつだ」

問うと、「十八」とかすれた声で答えた。

胸元は骨が浮き出て、触ると硬い。首も腕も、細く硬かった。話に聞いていた極楽とは、あまりに遠かった。

「こんなにやさしいお客さん、初めて」

お梅はほつれた髪を直しながらいった。

「ねえ、また来てくださいな」

そういって伸ばす手から、禎次郎は思わず腕を引いた。

また来れば、深情けをかけてしまう……そう思うと、恐ろしさのようなものが湧いた。背中につけられた糸を断ち切るように、そこを出た。

沸き立つ友らは成果を語り合っていたが、禎次郎は沈黙した。一人、幼なじみの野《の》辺《べ》新吾《しんご》だけが、やはり苦い顔でつぶやいた。

「こういうのはいかんな」

禎次郎も新吾も、二度と岡場所に足を運ばなかった。

腕を組んだまま、禎次郎は吉原の上の空を見上げる。

おなみもお梅も、おそらくもう生きてはいまい。遊女の多くは、二十歳前後で命果つると聞いたことがある……そう思うと、並ぶ格子から目をそらさずにいられない。

「旦那」

仁右衛門が近づいてくる。

「ひととおり、見たか」

「へえ、行きやしょう」

未練を見せずに、仁右衛門は大門を出た。

来たときの張りは顔から消え、うつむくように黙々と歩く。

その気持ちを斟酌《しんしゃく》すると、禎次郎は言葉を探るばかりで、ひと言も選べない。

浅草寺の境内に戻り、禎次郎は傍らの料理茶屋を見やった。

「どうだ、酒でも飲むか」

笑いかける禎次郎に、仁右衛門は首を振る。

「そんな、罰当《ばちあ》たりなことはできませんや」

そうか、と禎次郎は気まずさをもてあまして、辺りに目を配る。

「よし、じゃあそこで甘酒を飲もう。少し座って休もうじゃないか」

今度は頷いて、仁右衛門は禎次郎に従った。

茶屋の緋毛氈に腰を下ろして、仁右衛門はじっと足下を見つめる。

「江戸に出て来てから、おらぁ、町を歩く娘っこがきれいなことに驚いた。けど、みんないい家の娘だから着飾ってきれいなんだと思ってた」

ぼそぼそと聞きとりにくい声に、禎次郎は黙って耳を傾ける。ぼそぼその声が、少し、大きくなった。

「売られてくるような子らは、ああいう娘らとは違う。そう思ってたんだ。けど、さっき、吉原でおらぁ驚いた。器量よしばかりじゃねえか」

仁右衛門は顔を上げる。

「おら、うちのおみつはべっぴんだと思ってたけど、あん中に入れたら普通だ。器量よしは吉原に売られると聞いたから吉原にいると思ってたけんど……」

声が溜息に変わった。

甘酒を含みながら禎次郎は空を見上げる。

「江戸に売られてくるのは北の娘が多いということだ。北国の娘は色の白い餅肌《もちはだ》で、目鼻立ちもきわだっている子が多いらしい。まあ、吉原は、そういう中からさらに選《よ》りすぐった娘を集めるそうだからな」

「そいじゃあ」仁右衛門が顔を向ける。「吉原に行かない娘はどこに行くんで」

禎次郎は仰向いたまま、言葉を返す。

「江戸には宿場が四つあってな……品川《しながわ》、千住《せんじゅ》、板橋《いたばし》、内藤新宿《ないとうしんじゅく》。まあ、今は内藤新宿は廃止されているが、それぞれの宿場ごとに宿がたくさんあって、それぞれに飯《めし》盛《も》り女がいる。まあ、これは男が買うための女だ。いちおう公儀では一軒の宿につき二人と決められちゃいるが、飯炊きだの洗濯女だのの名目でこっそりと抱えている娘は何百人何千人になるかわかっちゃいない。それに江戸中あちこちに岡場所もあって、その数も知れないのが実情だ」

「岡場所、てえのはどこにあるんで」

「そうさな、いちばん多いのは深川だ。仲町《なかちょう》、古石場《ふるいしば》、櫓下《やぐらした》、それと湯島《ゆしま》も大きい。ほかにも中州《なかす》、霊巌島《れいがんじま》、回向院前《えこういんまえ》、市ヶ谷《いちがや》、白山《はくさん》……いや、じっさい、数え切れないんだ。この浅草寺の向かいにだって、裏に入ればあるっていうしな」

「そんなにあるんで……」

「ああ、まあだから探すのは、はっきりいって無理だ。浜に落とした砂を探すようなものだからな」

仁右衛門が唇を嚙むのが、感じられた。それを見ないまま、禎次郎は声を放つ。

「いや、だからといってあきらめたもんじゃない。誰かに身請《みう》けされて、年季《ねんき》から放たれるっていうのもよく聞く話だ。そうなりゃ、お父っつぁん、といって、村に顔を見せに来るだろうよ。村に戻って、それを待つのが得策ってもんだ」

禎次郎はちらりと目を向ける。

仁右衛門は少しだけ、口を弛めた。

「そうなりゃ、いいですが」

「ああ、なるさ」禎次郎は立ち上がる。「さ、戻ろう」

仁右衛門はゆっくりと立つ。

「浅草寺の前っていいましたね。おらぁ、ちょっと覗いて帰りやすんで、旦那はお戻りくだせえ」

「いや、しかし……」

「今日はありがとうごぜえやした」

深々と下げる頭に、頑とした意気を感じて、禎次郎は引き下がった。

「ああ、では、な」

見送る仁右衛門に手を振って、禎次郎は歩き出す。空はうっすらと暮れの色を見せはじめていた。

歩きなれた上野に戻り、神田を抜ける。途中、禎次郎はふと、足を止めた。まっすぐに下って行けば八丁堀だ。が、禎次郎は辻を左に曲がった。

町屋が並ぶ小伝馬町《こでんまちょう》に入ると、行く手に長い塀が見えてきた。牢屋敷《ろうやしき》だ。ぐるりと囲まれた牢屋敷の内側は、そこだけ町の喧噪《けんそう》から断ち切られたように、静まりかえっている。

その牢屋敷の門の向かいに、禎次郎は道を隔てて立った。

そこには牢内の者に届けるための食べ物や小間物、布団などを売る店がある。が、すでに夕刻で届け物の受け付けも終わっているために、店も戸を閉めているところだった。

そのようすを眺めながら、禎次郎は牢屋敷の門へも目を配っていた。表門は閉じているが、脇門には人の出入りがある。仕事を終えた役人や下男《しもおとこ》達が、そこから帰って行く。

禎次郎の胸の内では、吉原で思い起こしたあの日のできごとがまだ揺れていた。ともに岡場所に行き、苦い思いをわかちあった友の顔がそのまま消えていない。

脇門が開いて、一人の男が出て来た。着流しに黒羽織の同心姿。その友だ。

禎次郎はそちらへと小走りに寄って行く。

「新吾」

手を上げると、野辺新吾は小難しい面持ちからたちまちに笑顔になった。

「なんだ、禎次郎ではないか、どうした」

道に並んで、とりあえず、歩き出す。

「いや、今日は非番でな、ちと酒が飲みたくなったのだ。一杯つきあわんか」

おう、と新吾は微笑んで、顎をしゃくる。

「なら、いい縄のれんができたんだ。そこへ行こう」新吾は片目をつぶる。「食い物はうまくはないんだがな、そこなら奉行所のやつらも牢屋敷のやつらも来ない」

ははは、と笑う。

新吾は同じ南町奉行所の役人だ。父の役をそのまま継いで、この牢屋敷の牢廻りをしている。牢屋敷には囚獄《しゅうごく》と呼ばれる牢屋奉行もいるが、町奉行所の配下におかれているのだ。

牢屋敷では、拷問《ごうもん》や暴力が普通で、それで命を落とす者も多い。死罪の刑も行われており、掘った穴に首が落とされる。そうした身体は、そっと裏口から運び出されるのだ。

そうした役目のためか、牢屋敷に勤める者を見る世間の目は冷たい。役人も下役も低く見られ、町方からも蔑まれている。頭を下げるのは、身内が牢に入れられたときだけだ。

牢屋奉行でさえもその蔑視《べっし》からは免れえず、奉行といっても武家からは軽んぜられている。それは同心にもおよび、牢廻りは奉行所の中でも嫌われている役だ。

裏通りの細い道を進む。

その途中で、二人はふと足を止めた。天水桶《てんすいおけ》の横に白い子犬がかがみ込んでいるのが、目に飛び込んできたのだ。やせた身体をぷるぷると震わせている。

「まいったな」

同時につぶやいて、二人は顔を見合わせた。が、路地から男の子が走り出て来た。

「シロー、シロ、どこだ」

禎次郎は「おい」と手を上げる。

「犬か、犬ならここにいるぞ」

子供に子犬を示すと、子供は駆け寄った。白い子犬を抱き上げて頰ずりをする。

「シロ」

「おまえの犬か」

新吾が覗き込む。

「そうだよ、うちの犬になったんだ。おっ母さんがいいっていってくれたんだ」

「そうか、よかったな」

うん、と子供は犬を抱えて、戻って行く。

「やれやれ、助かったな」

禎次郎は笑みを拡げて歩き出すと、新吾も肩をすくめた。

「ああ、また増えるかと思った」

「相変わらずいるのか」

「ああ、去年、また二匹拾っちまってな。今、犬が二匹、猫が三匹だ」

「子供の頃はお互い、よく拾ったな。まあ、結局、おまえのうちに引き取られるほうが多かったがな」

「ああ、うちは母上も父上も生き物が好きだからな、なんだかんだと文句をいいながらも、けっこう飼ってくれる」

朗らかに笑う新吾に、禎次郎が苦笑する。

「うちは母上はいいんだが、父上がどうも生き物嫌いでな、飼いはじめたのに、いつの間にか捨てられたこともあった」

「まあ、おれらはみすぼらしい犬猫を見ると、見境もなく拾って帰ったからな、親にしてみりゃ迷惑千万な子供だったろうよ」

「はは、そりゃそうだ」

禎次郎も口を開けて笑う。

「ここだ」

〈かめや〉と書かれた粗末な看板を見ながら、新吾が縄のれんをかき分ける。

薄暗い居酒屋の中は、すでに酒を飲む男達でにぎわっていた。

隅の板間に上がると、二人はすぐに向かい合ってぐい呑みを傾けた。

「どうだ、山同心は」

新吾の問いに、禎次郎は「ああ」と頷く。

「毎日、奉行所に通っていたのに比べると極楽だ。なによりも同役のつきあいがない。つまらん足の引っ張り合いに関わらなくていいと思うと、もう、それだけで笑いが出てくる」

「ほう、そんなものがあったのか」

「ああ、勤めていた頃には、口にすれば行くのが嫌になるからじっと押さえていたがな、ひどいもんだった。なにしろ同役が多いからな、手柄はとろうとするし、失敗は人になすりつけようとする。それも顔では笑いながらだ。そのぶん、陰ではなにをいっているかわかったもんじゃないしな、まったく、げんなりしたものだ」

「へえ、吟味方は奉行所の花形の一つだと思っていたが、わからんものだな」

「ああ、おれも中に入ってみるまではわからなかった。まあ、仕事はまだしもなんだが、人が面倒なんだ。おれのようにはみ出し者として生きていた者には、ああいう入り組んだつきあいはかなわん」

ふっと、新吾は苦笑しながら、口に入れた揚げ出し豆腐を飲み込んだ。

「まあ、それはおれも同じだな。人ほどややこしいものはない。だが、こうして愚痴をいいあえるのも人だ。犬にいってもわからんからな」

「おう、それはそうだ」

禎次郎は鯵の開きをつつきながら、頷く。

「で、巻田家のほうはどうなのだ、婿殿」

新吾がにやりと笑う。

「なにしろお母上があの御刀自様《おとじさま》だからなぁ」

新吾の苦笑に、禎次郎は思わず下を向いた。

新吾は一度だけ、義母の滝乃に会ったことがある。巻田家で行われた祝言のときだ。来てくれた友を順に紹介すると、新吾の番で滝乃は眉をひそめた。

「野辺新吾殿と……野辺とはあの牢廻りの家ですか」

まわりが気まずさに冷え、新吾は一瞬、顔を強ばらせた。が、すぐに微笑んで、頷いた。

「ええ、そうです。その野辺です」

滝乃はそれに返事もせずに、顔をそむけた。

新吾はそれ以来、二度と巻田家に来ていない。禎次郎も呼ぶことはしない。また、無礼な態度をとられたらたまらないからだ。

義母の口の悪さ自体は、禎次郎はそれほど嫌いではない。黙って腹にためているよりはわかりやすい、と思う。しかし、竹馬《ちくば》の友に対するあの侮辱《ぶじょく》だけは、今も許しがたいわだかまりとして残っている。

「父上はいいお人なのだがな」禎次郎は苦笑する。「あの母上だけは、おそらく変わらんな」

「居心地はどうだ、よくないのか」

「ああ、それは大丈夫だ。実家でも、もともとおれの居場所などなかったからな。居心地の善し悪しなどというぜいたくはいわん」

「ふむ、五月殿はどうなのだ」

「ああ、妻《さい》は……そうだな、おとなしいんだか気が強いんだか、いまだによくわからん。まあ、愛想がないことだけは確かだ」

「そうなのか」

「うむ。おれのことが気にくわんのだろう。もともとは別の男を養子にするつもりだったらしいからな」

干物を嚙みながら、禎次郎は肩をすくめる。

新吾は黙って酒を飲む。禎次郎も手酌でなみなみと酒を注いだ。

「その男に断られたという話は聞いたが、どうしてそれがおれにまわってきたんだか、それが不思議だ」

えっと、新吾が顔を上げる。

「おまえは聞いておらんのか」

「へ、なにをだ」

目を丸くする禎次郎に、新吾はあわてて首を振る。

「ああ……いや……」

銚子を掲げると、その顔を奥へと向けた。

「おうい、酒をもう一本、つけてくれ」

新吾は面持ちを変えて禎次郎に微笑む。

「まあ、いいではないか。一家の主になれて、妻も持てて。お互い、あのまま手習い所の師匠をしていたら、妻すら持てんぞ。まあ、おれは未だに持ててないがな」

笑う新吾に、禎次郎は苦笑する。

手習い所で子供達に教えていたときには、新吾もいっしょだった。新吾はもともとは次男で、同じ部屋住み同士だった。次男坊以下が集まっては遊ぶという、幼い頃からの仲間だったのだ。

それが変わったのは、新吾が二十歳のときだった。兄である長男が急逝し、新吾があとを継ぐことになったのだ。禎次郎が婿養子に入る三年前に、新吾は家督を継いでいた。

「あのままでいたほうがよほど楽だった」新吾が溜息をつく。「まさか、兄があんな流行病にかかるとはな」

「ああ……人の運というのはわからんもんだ」

「まったくな。それを考えると、おまえの転役は良運でよかったじゃないか」

「いや、幸か不幸かまだわからん。まだ二日しかやってないからな」

「それはそうか」

「ああ……あ、そうだ、明日は大奥の御代参があるのだ」

「ほう、それは大変そうだな。帰るか」

心配そうな新吾の顔に、禎次郎は一瞬、考え込んで首を振った。

「いや、景気づけに飲む」

運ばれてきた新たな銚子を禎次郎は受け取った。

第三章　天と地の女

一

上野広小路にざわめきが起こった。大奥の一行が到着したのだ。

陽が高くなりつつある四つ刻（十時）、すでに大奥代参の件は町方にも知れ渡り、多くの見物客が集まっていた。

駕籠《かご》から下りた御年寄のうしろに、二十数人ほどの女中達が従う。尼僧姿の御坊主《おぼうず》はそれとわかるが、ほかの女達はどのような役なのか、見た目ではわからない。

禎次郎は左側を守るようにつき、右に山同心筆頭の片倉がついた。寺侍の山同心らも並び城から付いてきた警護の御先手組《おさきてぐみ》や、臨時廻りも周囲を囲む。

一行は三橋の中央を渡り、ぞろぞろと黒門をくぐって山道を登っていく。

ずいぶんと大勢が来るんだな……そう、胸中でつぶやきながら、禎次郎はあでやかな着物をまとった女達を眺めた。そういえば、と思いを巡らせる。今の公方様は御台《みだい》様《さま》と睦《むつ》まじく、側室はお二人しかおられない、と聞いたな。お子も御台様のお産みになられた姫君と御側室からお生まれになったお世継ぎのみと。大奥は暇だということか……。そう禎次郎は納得して、行列に付き従う。

上り坂の参道で、町人姿の男が腕を振り上げた。いかにも豊かな商家の主といった身なりの男だ。

「おきぬ、おきぬや」

抑えた声で行列に手を振る。

一行の中の一人の娘がそちらに向けて、にっこりと笑顔で頷いた。

禎次郎はそっと雪蔵に問いかける。

「ああいうのは、どうするのだ」

「お女中の親御でしょう。放っておいてかまいませんで」

「ふむ、そうか」

羽織姿の父親は、重そうな身体を揺らしながら、うれしそうに行列について歩いて行く。

裕福な商家の娘が武家の養女となって大奥に上がる、という話は聞いている。支度金ほしさに、武家のほうから商家に話を持ちかけることも多い、と聞いたこともある。なるほど、と合点しながら、禎次郎は歩く。

参道の脇には多くの人々が並び、声を抑えつつも、やいのやいのと大奥行列を見物している。

「あっ」

雪蔵が声を上げた。

「あれはいけませんや。旦那、叱ってください」

指さされたほうを見ると、木の陰に立って、紙と筆を持っている男の姿があった。

「大奥のお女中を写すのは御法度です」

「よし、わかった」

禎次郎は小走りに向かう。夢中になっている男に脇から近寄り、厳めしい声で叱りつけた。

「これ、絵に写してはいかん」

男は驚いて身を引くと、あわてて紙を懐にしまい込んだ。意地でも、絵を取られまいという気構えが見てとれる。見ると、近くでも、急いで巻紙をしまい込む男の姿があった。二人はたちまちに逃げて行く。

行列に戻った禎次郎に、勘介がこっそりと笑う。

「大奥御代参のときには、ああいう輩《やから》が出るんでさ」

なるほど、と頷いて、辺りに目を配る。

坂がなだらかになり、山の上に並ぶ堂宇の屋根が見えてきた。

あ、と禎次郎は足を止めた。

行く手の木陰に、しゃがんで紙に筆を走らせている姿が見える。

走り寄りながら、禎次郎は半ば呆れた。先ほどの男もそうだったが、筆を持った男はこちらの気配にまったく気がつかない。目と手に、すべての気が集中しているのが見てとれた。月代《さかやき》のない髷の頭は、行列と手元だけを交互に見ている。

一瞬、声をかけるのがためらわれるほどだったが、禎次郎は腹に力を込めた。

「こら、絵は御法度だ」

その声に、男は仰天《ぎょうてん》したように顔を上げた。と、その顔を見て、禎次郎が仰天する。

見知った顔だった。

開けた口からようやく声が出る。

「あ、兄上……」

筆を持った男も目を丸くする。

「え、おまえ……」

男は次兄の庄次郎だった。禎次郎は隣にしゃがみ込み、兄をまじまじと見る。

「兄上、なにをしているんです」

「おまえこそなにをしている」

「おれは、山同心になったんです」

はぁ、と庄次郎は口まで丸く開けた。禎次郎は兄の手を押さえた。

「とにかく、その筆と紙をしまってください。おとがめを受けてしまう」

「なんだ」兄は笑う。「堅いことをいうな。いいとこまで写したんだ」

「だめですよ」

禎次郎は外から見えないように前にまわり、紙を丸めた。

「ふん」兄は不承不承に巻紙を懐にしまう。「まさかおまえが山同心とはな。つまらんものになったもんだ」

憮然《ぶぜん》とする兄の顔と姿を、禎次郎は改めて見つめた。こうして会うのは、何年ぶりになるのか。着流しの腰には二本差しはなく、代わりに筆入れと墨壺《すみつぼ》がいっしょになった矢立《やたて》が何本も下がっている。

「兄上は絵師を続けてるんですか」

「おう、そうよ。まだまだ修行中だがな」にっと笑いながら、筆を矢立にしまう。

「しょうがねえ、目に写すとしよう」

立ち上がって、行列について歩き出す。

禎次郎は行列を振り向きながらいった。

「おれは行かなければ。兄上、あとで会いましょう。おれは暮れ六つにお役が終わるので、そうだ、晩飯でも食いましょう」

「おまえのおごりか」

一瞬詰まるが、禎次郎は頷く。

「はい、おごりますから」

「ならいいぞ」

「では、暮れ六つ過ぎに、そうだな、不忍池の弁天堂の参道、あの入り口で待っていてください」

「おう、わかった」

その返事を背に、禎次郎は行列へと走り出した。

警護の位置に着くと、ふうと息を整えた。

目を脇にやると、兄が気楽そうに腕を振りながら、行列について歩くのが見えた。

禎次郎は頭の中で年月を数える。

兄が家を出て行ってから、かれこれ十二年になることに気づいた。


十二年前。

二十歳になった兄庄次郎は、家に帰って来ない日が多くなっていた。どこにいるのか、なにをしているのか、誰も知らない。たまに戻って来ても、着替えだけをしてまた出て行ってしまう。

二歳年上の庄次郎は、一時、同じ手習い所で教えていたこともあった。が、兄はすぐに飽きてしまったらしく、やめてしまった。もともと家のなかではあまり話をせず、憮然としていることが多かった。禎次郎のことも子供扱いして、まともに相手をしない。そんな仲であったから、母から兄がなにをしているのか聞いておくれ、といわれたときも素っ気なかった。

「兄上、どこでなにをしておいでかと、母上が気を揉んでます」

「ああ、気を揉むこたあない。絵を習いに行っているんだ」

「絵ですか」

ああ、と兄はまた外へと出かけて行った。

それを母に伝えると、翌日、伝え聞いたらしい父はこめかみに筋を立てていた。

数日後、戻って来た庄次郎に、父は声を荒らげた。

「絵など描く穀潰《ごくつぶ》しは我が家にはいらん。出て行け」

庄次郎は土間に入れていた右足を引くと、たちまちに笑顔になった。

「そうですか、いや助かりました。父上からそういっていただけると、気が楽です。では、これにて」

くるりと背を向けると、そのまますたすたと去って行った。

呆然と見送る禎次郎に、母はおたおたとすがる。

「禎次郎、とめておくれ」

「とめずともよい」

父の怒鳴り声が響き、事は終わった。

庄次郎がふらりと姿を見せたのは、それから数年ののちだった。手習い所の禎次郎の前に現れたのだ。

「聞いたぞ、おまえ、婿に入るそうだな」

「兄上、お元気でしたか」

「おう、いたって元気だ」確かに、兄は家にいた頃よりも、張りのある顔になってい
た。「で、どこに婿に行くんだ」

「はあ、巻田家という同心の家です」

「なんだ、同じ八丁堀か」

兄はふっと皮肉な笑みをこぼして、身を寄せた。

「ところで、金子《きんす》を都合してくれないか。一分《いちぶ》でいいんだ」

「はぁ……」

間の抜けた声になったのを覚えている。婿養子の話を聞いて祝いに来てくれたのだ、
と思ったのは、勘違いだったことがわかった。

兄は手を合わせる。

「頼む、どうしてもほしい顔料《がんりょう》があるんだ」

「顔料……絵ですか」

「ああ、いい師を見つけてな、弟子入りして修行中なんだ。今、描きたい絵があるん
だが色が足りなくてな、なんとしてもその顔料がほしいのよ」

姿もそうだが、話し方もすっかり町方のようだ。

禎次郎は懐から銭入れを取り出すと、小銭を数えて一分にした。

「おっ、ありがとうよ」

奪うように掌からかすめ取ると、庄次郎は満面の笑みになった。

そんなにほしかったのか……そう思うと怒る気にもなれない。

「兄上、今、どこに……」

浮かび上がるさまざまな問いを口にしかけるが、兄はすでに背を向けていた。

「じゃな」

そのまま町の中へと消えて行ったのだった。

大奥の行列は根本中堂に入って行った。

中では法会《ほうえ》のために僧らが集まっている。

それを見送って、禎次郎らは一息《ひといき》を吐《つ》いた。そこに片倉がやって来て、禎次郎の袖を引いた。

「寺社奉行所のお役人が見えておられる。御挨拶に参ろう」

はぁ、とついて行く。

根本中堂の前に、二人の役人が立っていた。

「お役目、御大儀でございます」

片倉が頭を下げる。

「うむ、御苦労」

顎を引いて頷く役人を、片倉は手で示す。

「こちらは大検使《だいけんし》の山岸《やまぎし》様と小検使《しようけんし》の勝野《かつの》様だ」

禎次郎が頭を下げる。

「新しく着任した山同心、巻田禎次郎と申します」

「ふむ、そうか、御苦労」

胸を張る二人に、禎次郎は改めて会釈をして下がる。

片倉はなにやら笑顔で話をしているが、禎次郎はそのまま、待っている供三人のところへと戻って行った。

雪蔵が苦笑する。

「こういうときばかり、お出ましになられますな、寺社奉行所は……」

「やはり、そうなのか」

禎次郎は腑に落ちる。

江戸三奉行といわれる寺社奉行、町奉行、勘定奉行はならびがそのまま地位になっている。寺院と神社、僧侶や神官を管理する寺社奉行所にくらべ、町方を取り締まる町奉行所は格下であると見なされている。その町奉行所よりも、金銭を扱う勘定奉行所はさらに格下に見なされる。精神を重んじる武家社会においては、金銭は卑しいものと見下げられていたからだ。

「しかし、あっしは前々から不思議だったんですけど」勘介が首を伸ばす。「このお山は全体がお寺なんですから、寺社奉行所の管轄でやしょ。どうして、寺社奉行所が見廻りをしねえんです」

ああ、と禎次郎は腕を組んだ。

「昔は寺や神社は全部、寺社奉行所の支配下でな、門前町までがその管轄だったそうだ。だが、そうすると、門前町に科人《とがにん》が逃げ込む。で、町奉行所は手を出せなくなる。そんな不都合が多くあって、寛延《かんえん》二年（一七四九）に、門前町は町奉行所の支配になったそうだ。まあ、おれも転役のときに聞いたんだがな。それ以来、支配の垣根がゆるくなったんだろうよ」

「はい」雪蔵も頷く。「わたしも聞いたことがありますよ。もともと寺社奉行所には探索方がいないそうで、調べや吟味は不得手《ふえて》。ましてや捕り物ができる役人などいないせいで、町奉行所や勘定奉行所に任せる仕事が多くなった、という話でしたな。それに山には寺侍がいるから、はなから手を出すつもりはないんでしょうよ」

「へえ」勘介が口を尖らせる。「仕事をあちこちに丸投げにしといていばっていられるんだから、気楽なもんだ」

「これ」

雪蔵がたしなめると、勘介はぺろりと舌を出した。岩吉がぼそりという。

「そのおかげでわっしらは仕事にありつけているわけだ」

なるほどね、と勘介が笑う。

根本中堂から人が出てくる。

若いお女中達は、さざめきながら右のほうへと流れていく。そちらは数々の子院が並ぶ一画だ。

片倉がやって来た。

「あのお付きの方々は、これから子院でお休みだ。巻田殿はそちらの警護を頼む。わたしは御霊屋に参られる御年寄について行くからな」

肩を上げて歩き出す片倉を、禎次郎は「はい」と見送る。寺侍達も皆、そちらに付いて行った。

子院に行くお女中達には、身内らしい者が寄って行ったり、商人らしい男が従って行く。雪蔵は片目をつぶる。

「大奥になんとか出入りしたい商人達が、届け物を持って行くんです。まあ、危ないことは起こりませんから、のんびりこの辺りを見廻っていれば大丈夫です」

「そうか」

禎次郎はやれやれと思う。肩の力を抜いて、辺りを見まわした。兄の姿はもうない。が、別の姿を目がとらえた。木の下に仁右衛門と長兵衛の二人が立っている。

仁右衛門の目は、華やぎながら前を通っていく大奥の娘達を見つめている。その顔には、なんともいいようのない険《けわ》しさが浮かんでいた。

そりゃぁ、そうだろうな……禎次郎はつぶやく。吉原や岡場所の娘達を見たあとに大奥のお女中だ。娘を売った身には、思うところも多かろうよ……。

禎次郎は中天の陽を見上げて、眼を細めた。

二

大奥の一行が去り、物見客達も引き、夕刻になって山は静かになった。暮れ六つも近い。

「さて、やっと慌ただしい一日も終わるな」

禎次郎は、ほうと肩の力を抜く。供の三人も、顔が弛みはじめた。

「では、それぞれに散って、八門を見廻りましょう」

雪蔵の提案に、禎次郎も頷く。

「そうだな、では、おれは山の奥を廻ろう。今日は、御廟所の辺りにも人が来ていたからな」

「じゃ、あっしは東のほうに行きやす」

「なら、わっしは西を見る」

勘介と岩吉がいい、それぞれ散っていく。

禎次郎は建ち並ぶ堂宇を横に見ながら、奥へと進む。

昼間、人でにぎわっていた根本中堂も、今は静寂さを取り戻している。

本坊の脇を通って、一番奥の御廟所へと足を向けた。長い塀が連なり、俗世と隔てている。

と、禎次郎は足を止めた。

その塀の前に、じっと佇む人影がある。近づくにつれて、胸元で手を合わせ、瞑目《めいもく》しているようすがあきらかになった。男だ。

鬢はほぼ白く、初老を思わせるが、立つ姿には力がある。

禎次郎はそっと近寄りながら、羽織の背にある紋を見た。中央の丸を等しい六つの丸が囲む七曜紋《しちようもん》だ。だが、それを見たからといって、もともと名家に関心のない禎次郎には、家名などわかるはずもない。

立ち止まって、周囲を見まわすと、背後の木立に二つの人影が見てとれた。おそらく供がじっと控えているのだろう。

禎次郎がさらに一歩、踏み出したときに、気配を察したかのように、老武士が振り向いた。威厳を備えた面立ちが、禎次郎を見据える。

「あ、これはお邪魔を致しました」

禎次郎は思わず頭を下げた。そうせずにいられない厳粛さがあったのだ。が、すぐにその厳めしさは和らぎ、老武士は合わせていた手を下ろした。

「いや、もう門を閉めるのであろう。わかっておる」

「いえ、そうではなく……」

禎次郎はこちらに向いたその姿を見る。いかにも大身《たいしん》を思わせる立派な身なりだ。旗本だろうか、と思う。

「その、御廟所の御参拝であれば、御本坊にお伝えいたしますが。さすれば、刻限をお気になさらずに御参拝できましょうし」

禎次郎の言葉に、老武士は小さく首を振った。

「いや、それにはおよばん。ここでもうすませたからよい」

はぁ、と禎次郎は頷く。

「では、門までお見送りいたしましょう。ここからなら池の端の門が至近ですから、閉門にも急がずにすみます」

「そうか、それなら頼む」

老武士が歩き出すと、供の者らも間を置いてついて来た。

「そなた、山同心か」

老武士の問いに、禎次郎は頷く。

「はい。されど、数日前にこのお役に就いたばかりで……まだわからないことが多く、右往左往しています」

老武士の目が見開く。

「そうか、では、わしとまみえるのも初めてか」

「はあ……すみません、その、存じ上げませんで」

しかし、誰かと問うわけにもいかない。

老武士は笑い出す。

「いや、いい。そなた、なかなか正直な男のようだな。名はなんと申す」

「はあ、巻田禎次郎といいます」

「そうか。しっかりお山を守るがよい」

「はい」

禎次郎は、和らいだ老武士の目じりのしわを見て、気持ちがほぐれる。

「今日は、よ……月命日の御参拝でしたか」

幕臣は将軍の名をみだりに口にしてはならない、ましてや御家人《ごけにん》ごときには畏《おそ》れ多い、という父からの教えを思い出して、吉宗公の名を飲み込んだ。それを察して、老武士は頷く。

「ああ、そうだ。御霊屋に参りたいが、わしが表立って動くと、なにかと難癖をつけたがるお人らもおってな」

老武士は、空を見上げて眼を細める。

「吉宗公には、我が父がお仕えしておったのだ。江戸入府のさいに、紀州《きしゅう》から連れて来ていただき、もとは足軽であったのを取り立ててくださった。のちにはわしまでも取り立てていただいたおかげで、御政道のなんたるかを知ることができた。遠い先のことや下々《しもじも》のことまでを見据えて、さまざまな改革を進められたのだ。その手腕、真《まこと》にお見事であった」

「はあ、それは……」

では、重臣なのだろうか、と思い至り、禎次郎は背筋を伸ばす。と、同時に、厄介《やっかい》な御仁に声をかけてしまった、と悔やむ気持ちが湧いた。高位の人と関わったことはないし、機嫌を損ねたら面倒なことになるだけだ、と思う。

禎次郎の歩き方がぎこちなくなったことに気づき、老武士は笑いをもらした。

「そなた、わかりやすい男よのう。そう気張らずともよい」

「はあ、すみません。わたしはずっと部屋住みで、たまたま婿養子に入って同心を継いだもので……その、武士としての心構えも中途はんぱなのです。よく、姑《しゅうとめ》にも叱られておりまして」

老武士が笑い出す。

「そうか、いや、それは難儀……」

はあ、と禎次郎は頭を掻く。

道は下り坂となり、足が自然に速まっていた。と、そこで老武士の身体が揺らいだ。見ると、草履が足からずれている。鼻緒《はなお》が緩んだらしい。

禎次郎は袂《たもと》から紐《ひも》を取り出すと、老武士に微笑んだ。

「これで直しましょう」

「ほう」

老武士は目を見開きながら、背後に控えていた供らがあわてて寄ってこようとするのを、手で制した。

「では、頼もう」

草履を脱ぐと、しゃがんだ禎次郎の肩に手を置いて、片足を上げる。

「ここにお置きください」

禎次郎は立てた膝を、浮いた片足に差し出した。

「いや、それではすまない」

「もったいつけるほどの膝ではありません、さ、どうぞ」

「そうか、すまぬな」

老武士は笑いながら、そっと足を膝に置く。

体勢を整えて、禎次郎は草履を手に取る。と、それを見て、禎次郎は驚いて顔を上げた。つま先やかかとが擦り切れた草履には、いくども鼻緒を直した跡がある。身なりにはそぐわない草履だ。

老武士が禎次郎の驚き顔に笑みをもらす。

「何度も直して、しつこく使っておるからな。わしは貧乏性で、物を無駄にできんのだ」

「はあ」

禎次郎も笑みを返すと、うつむいて鼻緒を補強した。

「わたしも、今は転役したてなので少しは見栄えのよいものを履いていますが、ふだんはそれはしつこく使っております。もっとも、わたしの場合は貧乏性ではなく、ただの貧乏ですが。なので、こうして紐を持ち歩くのも習いになっているのです」

笑いながら、鼻緒を結ぶ。

「さ、これでいかがでしょう」

足を入れた老武士は、地面を踏んで歩き出した。

「おお、よい具合だ。これでまた当分、使えそうだ」

「貧乏紐が役に立ちました」

笑いを交わしながら、坂を下りて行く。

目の前に小さな門が見えた。寺男らは、閉める準備をはじめている。

「ちょっと待ってくれ」

禎次郎が上げた声に、男達の動きが止まる。

老武士は禎次郎を見て目を細めた。

「いや、助かった。礼をいう」

「いえ、御無礼いたしました」

頭を下げる禎次郎に、ひそめた声で返す。

「愉快であった。またな」

老武士は悠然と門を出て行く。二人の供は粛然《しゅくぜん》として、そのあとについて行った。

さて、と……禎次郎はくるりと踵《きびす》を返すと、坂を走り出した。黒門に戻って、解散だ……。辺りに目を配り、人が残っていないか、確認をしながら禎次郎は走る。黒門の外には、すでに供の三人が待つ姿があった。ほとんど閉じかけた門のあいだを、禎次郎はするりと抜ける。

息を整えていると、山から暮れ六つの鐘が鳴り響いた。

不忍池の端を歩いて、弁天堂への参道に向かう。そこには約束どおり、兄の庄次郎が待っていた。

「お待たせしました、行きましょう」

禎次郎が先に立ち、町へと足を向ける。庄次郎は池の端に並ぶ料理屋を振り返りながら、不服そうな声を出した。

「おい、どこまで行くんだ」

禎次郎は黙って、供と中食をとる煮売り家へと案内する。

「なんだ、こりゃ」

あきれる兄に禎次郎は、肩をすくめて板間へと上がった。

「貧乏同心に料理茶屋に行く金などありませんよ。だが、酒は置いてあるから安心してください」

「はいな、お酒ですね」おとせが振り向く。「旦那が夜に来るなんて、初めてですね、ちゃんとお酒があるのを知ってたんですね」

「ああ、大徳利があるのを昼間、見ていたからな。肴《さかな》を適当に見つくろってくれ」

「はいな」

おとせはいそいそと動き回る。

運ばれてきた銚子を傾けて、兄と弟は杯を掲げ合った。

「兄上は今、どこにいるんですか」

「ああ、深川だ。芳栄《ほうえい》先生の元で絵を描いている。おれも芳才《ほうさい》という名をもらったんだ」

「へえ、ちゃんとした絵師なんですね」

禎次郎は運ばれてきたしらすを口に運びながら、兄の姿を見つめ直す。武士の面影は、もうどこにも見つけられない。

「兄上は、絵師になるつもりで家を出たんですか」

庄次郎もしらすに箸を伸ばすと、がばとつまんで、顔を上げた。

「いや、あのときにはまだ決めてなかったさ。絵を習ってはいたが、相手は趣味人の御隠居で、遊び半分だった。まだ、なにになろうかと迷っていた時期でな、家を出たあとしばらくはうろうろとしていた」

口を動かして、おとせのほうを向く。

「このしらす、うまいな。もっともらえるか」

「はいな」

おとせは小鉢いっぱいに盛ってくる。

「佃島《つくだじま》の漁師に頼んで、持って来てもらうんですよ。活きが違いますからね。そこにうちではちょっと生姜汁《しょうがじる》を混ぜるのがミソでね」

「ほう、そうか、煮売り屋も捨てたもんじゃないな」

庄次郎は笑顔になって、また、がばとつまむ。

「兄上は」禎次郎はその笑顔を見つめる。「ずいぶんと変わりましたね。家にいた頃は口数が少なかったし、そんなふうに笑った顔など見たことがなかった」

「ああ、そうか、そうだな」

兄は酒を流し込んで、その顔を上に向けた。天井を見る目が、遠い日を追っているのがわかる。その手を胸に当てた。

「あの頃は、ここに蓋《ふた》をしていたからな、そいつが口も耳も目も、塞《ふさ》いじまっていたんだな」

「ふうん、その蓋はもうないんですか」

「ああ、ある時からなくなった」

兄がまた笑う。が、その顔が、真顔になった。

「おまえ、岡崎七之助《おかざきしちのすけ》を覚えているか」

禎次郎は間を置かずに頷く。

「ええ、もちろん。兄上と仲のよかった、辻向こうの家の……確か隠密廻りの家の長男でしたよね。おれもよくいっしょに遊んでもらったから、よく覚えてますよ」

「おう、そうよ。あそこは姉が三人、妹が一人いて、息子はあやつだけ。唯一の跡継ぎの男子というわけだ。だが、やつも絵を描くのが好きでな、あの家に行っては、書を書く紙に絵を描いて遊んでおった。うちでやると父上に大目玉を喰らうからな」

「へえ、そうでしたか」

「うむ、だがな、あそこの父上は年がいっていたから、七之助は二十歳になったら家を継ぐことが決まっておったわけだ。だから、子供の頃は好きをしてもいい、ということだったらしい」

「なるほど、親心ですね」

「そういうことだな。だから、十七を過ぎたら絵は禁止になった。跡継ぎとしての気構えをつくらにゃならんということだろう」

「なるほど、それもまた親心、と」

「そういうことだ」

庄次郎はすっと息を吸った。

「そのときに気がついたわけだ。おれはずっと長男をうらやましいと思っていた。次男なんざ余りもの扱いで、将来の当てもない、なんとも恵まれない境遇だとな。だが、そうやって表から見るのをやめて、裏から見てみた。そうしたら、長男は道を選べないが、おれは選べるじゃないか、と別の考え方を発見したんだ」

胸を反らせる兄に、禎次郎は目を瞠る。

が、禎次郎の口はじょじょに曲がっていった。

「なんだ、兄上はずるいな」

「へ、なにがだ」

「だって、そうでしょ。子供の頃に次男三男なんてみそっかすで、なにを頑張っても
むだだといったじゃないか……だから、おれなんてやる気をなくして、いいかげんだ
の中途半端だのいわれるようになったのに……」

「なんだ、おまえこそずるいやつだな。己の無力を人のせいにするな」

「だけど、いい考えが浮かんだのなら、それも教えてくれるのが筋ってもんじゃない
か。いいほうだけしまい込んで、それはずるい」

「まあまあ、まあまあ」

おとせが横に立った。

「なんだろうねえ、いい歳をして子供みたいにいいあって……これじゃあ大人の味は
無理だね。菜の花の辛子和《からしあ》え、せっかく作ったんだけどねえ……」

小鉢を掲げるおとせの腕に、庄次郎が手を伸ばす。

「おっと、好物だ。くれ」

目元を和らげて、その小鉢を摑《つか》む。

禎次郎もふっと肩を落とした。子供の頃に戻ったような気がして、隔たっていた年月が消えていた。

「じゃあ、兄上はそれで絵師になろうと思ったんだ」

「いや、そんなに簡単じゃないさ。家を出る前から町中をうろついて、いろいろな仕事を見て歩いてたんだ。貸本屋もよさそうだし、看板屋も面白そうだし、染め物屋もなかなかだった。まったく世の中にはたくさんの職があるもんさ」

「へえ……けど、武士としての誇りは、捨ててもかまわないと」

弟の言葉に、兄は吹き出す。

「誇りか、そんなものはないな。おまえは父上を見ていて、誇りを感じるのか」

「そりゃ、父上御自身は誇っているでしょう」

「おう、それよ。だが、役人なんて、上の都合次第でお役をすげ替えられて、当人の意思などないと同じ。将棋《しょうぎ》の駒と同じだ。それもいちばん下っ端の歩《ふ》の駒だ。お目見え以下なんてそんなもんだっていうのに、誇りなんて、ちゃんちゃらおかしいだろうよ。おれは十五の歳にそう思ったたね」

「へえ、それもずるいな。教えてくれればよかったのに」

「まあ、おまえに教えてもわからなかったろうよ。おまえは、おれほど世の道から外れてないからな」

「中途半端、か」

「いや、まあそれもいいさ。普通に生きるっていうのも一つの才だ。だが、おれは違った。まあ、そういうことだ」

庄次郎は銚子を振って、竈《かまど》に立つ背中に声を投げる。

「女将《おかみ》、酒をくれ」

庄次郎は菜の花を口に運ぶ。禎次郎も倣い、口中に苦みを嚙みしめた。

「それじゃ、家を出てどこに行ったんだい」

「ああ、扇屋《おうぎや》に転がり込んだんだ。絵付けが面白そうだったんでな。で、そこでやっぱり絵をやろうと思った。その次には読本屋に入って、絵を描くようになって、そのうちに絵師と知り合って弟子入りした。で、また別の絵師について、また変わって、芳栄先生のところに行き着いたというわけだ」

へえ、と感心する。

「口だけじゃなくて、身も軽くなったわけだね」

「ああ、やりがいのあることとやっていると、気持ちも身体も軽くなるもんだ」

「けど……家には帰ってないんだろう」

ああ、と置かれた銚子から酒を注ぎながら、兄は頷いた。

「そうだな、戻ってないな。別に誰も喜ばんだろう。おれは兄上も苦手だ」

禎次郎は、実家を訪れた夜、戸口で見送った母の姿を思い出す。

「しかし、母上は心配していると思うがな。おれのこともなんだかんだと、気にかけていたし」

庄次郎の顔がふっと歪む。

「そうだな、母上はちと気の毒だったな。だが、まあ……おまえがよろしく伝えておいてくれ」

顔はまた笑顔に戻った。その上体を乗り出す。

「ところで禎次郎、おまえ、金はないか」

「はぁ、ないといったでしょう。だからこんなところに来てるんだ」

ま、とつぶやいておとせが振り向く。禎次郎はあわてて、手を上げて謝った。

庄次郎は苦笑する。

「そりゃそうか……いや、実は役者絵をやろうと思っていてな、芝居通いの元手がほしいんだ。あ、いや、以前、おまえに一分を借りたのは忘れちゃいないぞ」

禎次郎も苦笑する。

「それはいいけど、今は無い袖は振れないってやつだな。このまま山同心を続けられれば、もしかしたらゆとりができるかもしれないし、そうしたら、融通できるかもしれないけど」

「そうか」庄次郎は両手で腿《もも》を打つ。「そのときは頼むぞ」

喜色満面の兄に、禎次郎も笑いをつられる。

まあ、いいか……と禎次郎は頷いた。

三

暗く静まりかえった家の廊下を、禎次郎はそっと歩いた。その角を曲がったところで、足が止まり、うわっ、と声を上げた。

妻の五月が立っていた。

「おかえりなさいませ」

「なんだ、そなたか」

禎次郎は息を吐きながら、また歩き出す。

「夕餉の膳はどうなさいますか」

着替える夫を手伝いながら、五月は淡々と訊く。

「いや、食べてきたのでいい」

「そうですか」

声がだんだんと冷たくなっていく。

「また友とごいっしょだったのですか」

妻は自らも帯を解くと、寝支度を整えて、己の布団へと滑り込んだ。

先日、新吾と飲んで遅くなったことを根に持っているんだな……そう、思い至りながら、禎次郎は適当な生返事をする。

妻は布団の中で、くるりと背を向けた。

やれやれ、と思いつつ、禎次郎はかたくなな首筋と肩を見やった。と、その肩が、ふと寂しげに見えた。

禎次郎は布団の上で胡座《あぐら》をかいて、妻のほうに向く。

「いや、実は……兄上に会ったのだ」

「兄上……太一郎様ですか」

首だけを動かして、顔を半分こちらに向ける。

「いや、次男の兄だ。そら、以前、話しただろう、家を出たっきりの兄がいると」

まあ、と五月は布団をのけて、上体を起こす。

「ええ、ええ。お会いしたことはありませんけど、確か……」

「庄次郎というんだ」

「はい」

五月は布団の上に正座して、居ずまいをただした。

禎次郎もそれに向き合う。

「その次兄が、今日、上野の山に来ておってな、偶然、会ったのだ。それで、晩飯を食うことになった……」

禎次郎は兄が家を出たいきさつ、絵師になったことなどを話す。

「まあ、兄上は子供の頃からよく地面に絵を描いていたし、上手《うま》かった。蝦蟇《がまがえる》だの天狗《てんぐ》だの、おかしな絵が多かったけどな」

「あら、面白うございますね」

五月は微笑む。その笑みに気安くなって、禎次郎も笑う。

「まあ、兄上はあの頃からへそ曲がりというか、少しひねくれているところもあったしな。武士よりも、好きな道に進んだのはわかる気がするのだ。すっかり朗らかになっていたし、よい選択だったんだろう」

「絵師だなんて、うらやましいこと」

五月の言葉に禎次郎は意外さを感じる。

「そうか」

「ええ、わたくしも絵は好きで、子供の頃には書肆《しょし》の前でよく見入ったものです。近頃は色の鮮やかな錦絵が出てきて、日本橋に行くとつい見とれてしまいます」

へえ、と禎次郎は腹の中で驚きを感じた。絵が好きだなどと、聞いたことがない。が、すぐに、いやそうか……と腑に落ちた。なにが好きか嫌いか、ということをそもそも話したことがないのだ。それに、たとえ好きだとしても、絵は高価だ。買うことはできないし、買いたいともいえないだろう。

黙り込む禎次郎に、五月は小さく首を曲げた。

「旦那様は、そのように好きな道に進みたいとは考えなかったのですか」

「おれか……」

禎次郎は上を見る。

「ううん、そうだな、これといって好きな道というのがなかったな。絵の才も楽の才もなかったし、人より秀《ひい》でたものがないというべきか……学問も剣術も、一応、頑張ってはみたが人並みだったし、まあ、欲そのものがなかったのかな」

五月はさらに首をかしげる。

「手習い所で教えておられたのでしょう。御不満はなかったのですか」

うぅん、と禎次郎は腕を組んだ。

「そうだな、別に子供が好きというわけではないが、つきあってみれば面白い。いずれ自分で手習い所を造るのもいいかな、と思ったな」

五月は膝の上で両手を重ねると、背筋を伸ばす。やや間をおいてから、思い切ったように口を開いた。

「旦那様は、なにゆえにこの巻田家の婿養子に入られたのですか」

その真剣な眼差しに、禎次郎は思わず身を引く。

なにゆえ……その言葉に、四年前の父の言葉が甦った。

「禎次郎、話がある」

めずらしく、朝、父から呼び止められた。

「実はな、知り合いから、そなたの婿養子の話が持ち込まれたのだ」

禎次郎は、絶句した。

「そうであろう」父も咳払いをする。「わしとて驚いた。これといって見るべきものもないそなたに、なにゆえに、と思うたのだがな、聞いてみれば、もとはほかの家に来た話であったらしい。だが、その家とは縁がなかったということでな、どういうわけかそなたの名が上がったというのだ。どうだ」

禎次郎は知らぬ間に拳を握っていた。

「どうといわれても……相手はどのような家なのですか」

「同じ八丁堀の同心で、巻田家という。当主は吟味方下役をしているということだ。家族は……」

父は伝えられた話をそのまま息子に伝えた。

「どうだ、よい話であろう。この機を逃せば、二度とこのような幸運は巡っては来まい。ためらう余地はないぞ」

「はい」

そう答えていた。

幸運という言葉が、逡巡《しゅんじゅん》する余地を埋めていた。

禎次郎はそのときのことを思い出しながら、腕を組んだ。

「ええ、と、そうだな、おれは三男坊で着物も竹刀《しない》も、筆さえもお下がりだったからな、己が一番に……その、主になってみたいという思いがあったわけだ」

五月の瞼《まぶた》が歪む。

「それだけですか」

禎次郎はまた身を引いて、咳払いをした。

「ええと、あとは……そうだな、この巻田家は母上は気丈夫だが、父上は穏やかであるし、娘御は淑《しと》やかだ、と聞いた」

その答えに、今度は五月の口までが歪んだ。

「そうでしたか」

そうつぶやきながら、妻はくるりを背を向けると、布団に潜り込んだ。そのまま首まで夜着を持ち上げると、しんと静まりかえった。

なんなんだ……禎次郎はあっけにとられる。

しばらく見守るが、妻は身動きひとつしようとはしない。

やれやれ、女《おなご》は難しい……そう胸中でつぶやきながら、禎次郎も布団に入る。酒酔いの弛みもあり、たちまちに眠りに落ち込んだ。

朝の物音で、禎次郎は目が覚める。

すでに隣の布団は上げられており、妻の姿はない。

着替えをすませて、朝餉のために廊下を進むと、ほのかに甘い香りが漂ってきた。

ああ、そうだった……禎次郎は思い至りながら、板間に入る。

膳が揃えられ、すでに椀も並んでいる。飯椀からは、小豆粥《あずきがゆ》の湯気が立ち上っている。

「お早うございます」

会釈をしながら、膳に着いている父に微笑みかける。父の栄之助は頬を歪めた苦笑で頷く。

「まあ、婿殿、待っておりましたよ」

母の滝乃が、味噌汁の椀を持って入って来た。五月も夫の膳に汁椀を置く。

それぞれが膳に着くと、母が両手を胸元で合わせた。

「今日は亡き鶴松《つるまつ》の三十回忌。皆さま、手を合わされませ」

誰もが、母に倣う。

禎次郎は手を合わせながら、そうか三十回忌なのか、と母の言葉を反芻した。

鶴松は五月の兄であり巻田家の長男だと聞いている。が、二歳の年に病で亡くなり、そのあとは五月だけがただ一人の子として残されたという。仏壇には小さな位牌《いはい》があり、禎次郎もこの祥月命日には手を合わせてきた。去年は、ちょうど非番であったために、墓参にもついて行ったのを思い出す。

「さ、鶴松を偲《しの》んで小豆粥をいただきますよ」

滝乃の言葉に、皆が椀を持つ。

小豆粥は幼い鶴松が好んだものであったと、毎年、聞いてきた。

「鶴丸は好き嫌いが多かったのに、この小豆粥だけはいくらでも食べたものです」

同じ科白《せりふ》をまた滝乃がいう。

「うん、うまい」

父の栄之助は大きな笑顔で頷いた。

「いやいや、これはそなたの作り方がいいのだ。幼子にも、それがわかったのであろうよ」

妻は横目で夫を見る。

「今日はお寺で法要をしていただきますからね。ちゃんとごいっしょしていただきますよ。ほかの御用事は入れておられぬでしょうね」

「ああ、もちろんだ」

栄之助は胸を張る。

「なにしろ、おまえさまは……」

滝乃はぱちんと音を立てて、箸を置いた。皆の頬が強ばる。

「鶴松の最期に立ち会われなかったんですから」

栄之助から大きな溜息が洩れる。

「いや、だから、まさか死ぬとは思わなかったのだ」

「されど、この巻田家の跡取りが重病だというのに、平然と出仕して。医者は油断はならぬと申したではありませんか」

「いや、なれど、まさかその日に息を引き取るとは……」

栄之助の肩が下がっていく。

「わたくしは決して忘れませんよ。お引き留めをしたのに、平然と出ていらしたおまえ様の背中を」

滝乃の声が震える。

禎次郎はうつむいて小豆粥をすすった。

このやりとりを聞くのはこれで四回目だ。婿に入ってから、四回目の命日ということになる。

栄之助はぼそりという。

「もうよいではないか。三十年前のことだ」

まあ、と母の声が高まる。

「何十年経とうとも、親は子供のことは決して忘れることなどできぬもの。おまえ様はそのような薄情な気持ちだから、平気で子を置いて出て行ったのです」

栄之助の背が丸くなる。

禎次郎は顔を上げた。日頃、なにかとかばってくれる父を助けよう、と口を開く。

「母上、申し訳ありませんが、今日はお役があるので法要には出られません」

「ええ、それはわかっております。婿殿は血のつながりもないのですし、気にせずともよろしい」

母がこちらを向く。

禎次郎はその顔に微笑みかけた。

「その代わりというわけではありませんが、谷中の和尚に知己《ちき》ができましたので、鶴松殿の御供養《ごくよう》のために読経をお願いしてみます」

「まあ」

母が歪めていた口を開き、手を合わせる。

「そうですか、それはありがたきこと。さすれば、御浄土《ごじょうど》の鶴松もさぞかし喜ぶことでしょう」

矛先《ほこさき》から逃れた栄之助が、目で禎次郎に礼をいう。

禎次郎も片目を細めてそれに応えた。

五月にも微笑みが生まれた。

よし、と禎次郎は思う。これで昨晩の不機嫌も帳消しにできるだろう。

が、妻は夫には目を合わせずに、母に頷いた。

「よろしゅうございましたね」

「ええ、ええ。婿殿がそのような気遣いするようになるとは、この巻田家の家風になじんできたということでしょう。二重によろこばしいこと」

満足げな滝乃を横目で見ながら、栄之助と禎次郎は肩をすくめ合う。

「さて、それでは」

禎次郎は小豆粥を食べ尽くして、箸を置いた。

「これから行って、和尚と会わねば」

膳に向かって手を合わせると、禎次郎は「行って参ります」と立ち上がった。

四

谷中の坂を、禎次郎は手にした経木《きょうぎ》の包みを揺らしながら上る。

読経を頼む、というのは禎次郎にとっては口実だった。大作の怪我や仁右衛門らのようすが気になっていたのだ。

桃源院の門をくぐると、地面にしゃがみ込む背中が見えた。仁右衛門だ。

禎次郎はそっと近づくと、その手元を覗き込んだ。穴を掘っている。

「なにをしているんだい」

禎次郎の声に、仁右衛門が振り向く。

「ああ、旦那ですかい」

仁右衛門は土のついた手で顔を拭きながら、地面に置かれた小さな株を持ち上げた。

「この木瓜《ぼけ》を植えるんでさ」

木には小さな白や薄紅色の花が、丸い花びらを咲かせている。

「谷中の崖のほうで見つけたんで、掘ってきやした。木瓜の花は変なあでやかさがないから、お寺にはちょうどいいと思ったんで」

仁右衛門は立ち上がると、少し奥を指さした。

「昨日は、あれも植えやした」

筍《たけのこ》だ。

「竹はすぐに増えるから、三、四年もすれば筍が出て、和尚様が食べられるようになりまさ。世話になったお礼にと思いやして」

「なるほど、そいつはいい。筍なら精進料理に使えるしな」

禎次郎の笑顔に、仁右衛門は少しだけ、頰を弛めた。首にまわした手拭いで額の汗を拭うと、仁右衛門は空を仰いだ。

「不思議なもんでやすね。木瓜や竹は、国のも江戸のもなにも変わらねえっていうのに、人だけがこんなに違う。昨日、大奥の行列を見て、おらぁ、つくづくと神も仏もねえもんだ、と思った」

仁右衛門はいいつつ、そっと本堂を覗った。

「まあ、寺にいてこんなことをいうのもなんだけんど」

禎次郎はああ、と苦笑する。仁右衛門のいいたいことはわかる。岡場所の女達と大奥の女達を見比べれば、誰でも無情を感じずにはいられまい。

「そうさな、神や仏がいるのかどうか、おれにもわからん」

禎次郎も空を仰ぐ。

そこに人の足音がやって来た。

「山同心か」

一炊和尚だ。

「はい、お早うございます」禎次郎は頭を下げると、かしこまって向き合った。「実は和尚様にお願いがありまして……」

禎次郎は鶴松の件を話す。口実とはいえ、嘘にするわけにはいかない。

「ほう、三十回忌とはな、それも縁であろうよ」和尚は頷く。「朝のお勤めは終わってしまったが、昼のお勤めに名を上げて読経をして進ぜよう」

「ありがとうございます」

禎次郎は手にしていた包みを掲げた。

「草餅を買って来ました。仏様へお供えください。で、我々も御相伴《おしょうばん》に……」

「それはありがたい。では、皆でいただこう」

和尚は庫裏へと歩き出す。

「長兵衛や」

仁右衛門が呼ぶと、斧《おの》を担いだ長兵衛が現れた。薪割《まきわ》りをしていたらしい。

「茶を淹《い》れてくれ」

「へい」

すでに勝手知ったのか、長兵衛は裏へとまわって行った。

大作を囲んで、茶と草餅が並べられた。

禎次郎は晒しの巻かれた肩を見つめる。

「どうだ、傷の具合は」

「へえ」大作はそっと肩に手を当てる。「和尚様に手当てをしてもらってるおかげさんで、だいぶよくなりやした。熱かったのが引いてきやしたし」

「そうか、よかったな」

禎次郎は木彫のように端座している一炊和尚を見た。やはり、ここに連れてきた流雲の判断は正しかったのだ、と納得する。

「こいつはうめえや」

隣から声が上がった。

長兵衛が草餅にかぶりついて眼を細めている。

「今頃は国でも作ってんだろうなぁ」

大作も手を伸ばした。

「ああ、餅米は少しで蓬《よもぎ》ばかりだけどな」

仁右衛門の言葉に長兵衛が頷く。

「ああ、苦えくらいの餅だけどな、あれがうめえんだ」

「ほう、そうか」一炊が三人を見る。「なに、蓬は薬草だ。身体にいいのだぞ」

「へえ、そうですかい」

「けど、こんなあんこの入ったのを、子らにも食べさせてやりたいもんだ」

「ああ、おっ母ぁにもな」

草餅を見つめる三人のようすに、禎次郎は口を開いた。

「草餅を持って国に戻ればいいではないか。大作さんも、もうずいぶんよくなったみたいだし」

三人はその顔から笑みを消した。仁右衛門が首を振る。

「なんにもしねえで、おめおめと国に帰るわけにはいかねえ。江戸までの路銀だって、皆が苦労して集めてくれたんだ」

「ああ」長兵衛も頷く。「このまま帰ったら、なんも変わらねえ。けんどなあ……あくどいのは国家老だけだと思ってたら、江戸家老もおんなじみてえじゃねえか」

「いんや、むしろもっと悪いんでねえか」大作が眉を寄せる。「あんな侍を寄越して、おら達を殺そうとしたんだからよ」

「ああ、おら達が甘かったな」仁右衛門がうつむく。「国家老も江戸家老もあくどいっつうことは、領主様もおんなじってこったろう。重臣だって、みんな同じ穴の狢《むじな》に違《ちげ》えねえ。だから、訴えすら聞いちゃくれねえんだ」

そのやりとりに禎次郎は溜息を吐く。

「まったく、位や力を持った者は、それを守ることだけに汲々《きゅうきゅう》とするからな。大身ばかりじゃない。人から見たら大した力じゃなくても、当人は必死でしがみつくもんだ。だから、そいつを脅かす者は潰そうとする。おれは役所で、ずいぶんとそういうのを見たからなあ」

「だけんど」大作が眉を上げる。「一人くらいはそうじゃねえお人だっているんじゃねえのか。話のわかる誰かが……おら、もう一度、上屋敷に行ってみる」

「ああ」長兵衛も頷く。「おらも行く。誰が一番の悪玉なのか、それも知りてえ」

「そうだな」仁右衛門も続ける。「誰がおら達を殺そうとしたのか、そいつは確かめておきてえな」

三人の声に、だんだんと力がこもっていく。

「やめておけ」

禎次郎が手で、それを制した。

「皆は顔を知られているんだから、今度、行ったら、どんな目に遭うかわからんぞ。これ幸いとぶすりとやられて、大川にどぼんだ」

三人は顔を見合わせる。

禎次郎は顔を歪めて、身を乗り出した。

「大川の土左衛門《どざえもん》はな、引き揚げられても身元がわからなけりゃ、その場で晒されるんだ。数日経っても、知る者が出てこなければ、身元知れずで葬《ほうむ》られて終わりだ。国にも知られずに、消えることになるんだぞ」

三人の喉から唾を呑む音が鳴る。

「犬死にだな」

仁右衛門がぼそりとつぶやいた。

「そうだ」

禎次郎が大きく頷く。

「だけんど……」

「このままじゃ……」

それぞれのつぶやきに、禎次郎は背筋を伸ばした。ぽんと腿を打つ。

「よし、おれが探ってやろう」

え、と皆の目が集まる。

「大丈夫だ、ちょっと心当たりがある」

胸を張る禎次郎に、三人は目を瞬かせながらも、はぁと頷く。

「な、だから、ここで大人しく待っていろ」

禎次郎は傍らの一炊を見た。黙って聞いていた一炊は、じろりと目だけを動かす。

その和尚に向かって、禎次郎は頭を下げた。

「というわけなので和尚様、もうしばらくこの者らを置いていただきたいのですが」

「ふうむ。それはかまわんがの」

三人はかしこまって、頭を下げる。

仁右衛門はその顔を上げた。

「ありがてえ。実をいえば、もう少しいさせてほしいと思ってた。おら、おみつを探してえんで……」

「おみつというのは娘か」

一炊の問いに、仁右衛門は目元を歪める。

「へえ、おらが、売っちまったんです。吉原と浅草の岡場所を探したけんど、いなかった。あきらめようかと思ったけんど、昨日、大奥の行列を見たら、なんだか、腹が立ってきて、居ても立ってもいられなくなっちまった。そいで、昨夜は湯島の岡場所に行ってみたんだけんど、やっぱりみつからねかったし……」

皆が口を噤《つぐ》む中、仁右衛門は眉尻を上げた。

「けんど、岡場所はまだいっぺえあるって聞いたから、もう少し、探してえ。深川にも行ってみてえと思ってんだ」

禎次郎は肩を落とす。余計なことをいってしまったか、と後悔するが、いってしまったものはどうしようもない。

「それもちょっと待ってくれ」

禎次郎は仁右衛門と向き合った。

「深川は岡場所が一番集まっているところだ。闇雲《やみくも》に探したって、無駄が多いだろうよ。仁右衛門さん、女衒の名前は覚えちゃいないのかい」

「覚えてまさ、忘れるはずがねえ。銀次《ぎんじ》ってえ男で、背は小さくて、目が狐《きつね》みてえなやつだ」

「銀次か……」禎次郎は腕を組む。「よし、それも当たってみよう。なに、深川にくわしい男がいるんでな、そいつにも訊いてみる、ちょっと待ってくれ。とにかく、そなたらはあまりうろうろしないほうがいい」

「へえ……」

仁右衛門が不承不承に頷く。

「だけんど、旦那」大作が首をかしげる。「旦那はなんで、おら達にそんなによくしてくれんです」

「そりゃ」仁右衛門が顔をそらしていう。「お山で厄介事を起こされちゃまずいからでやしょう」

ぐっと、思わず禎次郎は身を引いた。

「まあ、それも確かにある。着任したてだからな、事が起きるのは困る。けれど……それ以上に、獄門や磔がいやなんだ」

禎次郎は身体を揺らす。

「こうやって口をきいた者がそんな目に遭ったら、やりきれないじゃないか。それよりも無事に国に帰ってほしいと思うのは人情だろう」

三人が顔を見合わせる。

そこに笑い声が起こった。一炊が顎を上げて笑い出したのだ。

「これは、なんともおかしな男よ。流雲のいうとおり、確かに、同心らしからぬ同心だわい」

笑いを納めながら、一炊は禎次郎を覗き込む。

「同心などという者らは、人を捕らえて牢屋に送るのが仕事だろうて。極悪人を捕まえて死罪や獄門にすれば、手柄も大きくなる。皆、そのためにやっきになっておるのじゃろうが」

「そ、それは……」禎次郎はぐっと喉を鳴らす。「しかし、悪人を捕まえるのは、江戸の町を守るため。正義のためと、義俠心《ぎきょうしん》で務める同心もおります……きっと」

「ほう、そうか」

「それに、人情を持った同心だって、おります、多分……」

「ほうほう、そうか」

一炊が細い首を揺らして笑う。

言葉に詰まって、禎次郎は天井を見上げる。その肩を、一炊は叩いた。

「変わった男だ。まあ、好きにやるがいいわ」

その言葉に、禎次郎は意外な思いが湧いた。

変わっているといわれたのは、初めてだ。そうなのだろうか……そう迷いつつ、肩の力が抜ける。

「まあ、とにかくまかしてくれ」

なりゆきで言い放ち、禎次郎は三人を見た。胸を叩くと、つられたように皆が頷く。

明日は非番だ、ちょうどいい……禎次郎は己にも頷いた。

第四章　当人知らず

一

朝、目が覚めると、禎次郎は素早く着替えて朝餉の膳へと向かった。

椀を運んで来た妻の五月は、目を丸くする。

「今日は非番でしたよね。ずいぶんとお早いこと」

「ああ、出かける用事ができたんだ」

座った禎次郎の背後から、声が上がった。

「まあ、婿殿、棚を直す約束ですよ」

滝乃はつかつかと正面にまわると、端座して、睨む。

「あ、いや」禎次郎は姿勢を正す。「すみません、後日、必ずやりますので。今日の用事はお役にも関わることなので、御容赦《ごようしゃ》ください」

頭を下げる禎次郎のうしろから、別の声が上がる。父の栄之助だ。

「ああ、よいよい、棚はわたしが直す。婿殿は忙しいのだ」

そういいながら膳に着く夫を、滝乃は振り返る。

「ま、おまえ様は届かないではありませんか」

「なら、踏み台を使えばいい」

「まあ、以前にも庇《ひさし》を直すといって、踏み台ごと倒れたのを忘れたのですか。あのあと、しばらく腰が痛いと騒いで、おまえ様だけでなく、わたくしまで難儀をしたのですよ。婿殿は、ほかはだめでも、背丈だけは充分にあるですから、婿殿にまかせます」

栄之助は苦笑いをして、禎次郎にすまない、と目配せをする。

そうか、と禎次郎は気がつく。滝乃は栄之助がまた怪我をすることを案じて、こちらにまかせようとしているのだ……。そう思うと、憎めない。

父に目で頷くと、禎次郎は滝乃に声を高めた。

「おまかせください。日を改めて、約束は果たします。武士に二言《にごん》はありません」

「まあ、御立派なことを」滝乃は自分の膳に移りながら、つぶやく。「手習い所で子供と笑っていたお方も、武士の意気は忘れていなかったのですね」

「はい」禎次郎はどこ吹く風で笑う。「巻田家に入って、思い出しました。御安心ください」

父はうつむいて吹き出している。滝乃は咳払いをすると、箸を手に取った。

着流しの背に、禎次郎は十手を差した。が、非番であるから黒羽織は着ない。普段着の羽織に袖を通しながら、頭の中でこの先の手順を考える。

よし……。つぶやきながら、雪駄を履く。

「いってらっしゃいませ」

いつの間にか五月が立っていた。頷く禎次郎に、小首をかしげる。

「旦那様はお役が変わられてから、ずいぶんとはりきっていらっしゃいますね」

「いや……そうか」

「ええ」妻が微笑む。「けっこうなことですわ。お気をつけて」

「ああ」

禎次郎は朝の陽光の中へと飛び出して行った。

まずは七之助殿だ。この刻限ならまだ出仕してはいないだろう……。

禎次郎は辻を曲がって、隣の組屋敷へと向かう。

昔、兄の庄次郎について、何度か行ったことのある家だ。兄の話によれば、岡崎七之助は隠密廻りを継いでいるはずだった。

木戸門をくぐると、幼い子供が三人、駆けずりまわっているのが見えた。

廊下から男が身を乗り出し、こちらを見る。

「どなたか」

禎次郎はその覚えのある顔に小走りに寄って行くと、頭を下げた。

「河出庄次郎の弟の禎次郎です。御無沙汰しています」

「おお……」

七之助は身をそらして、禎次郎の頭から足元までを見る。

「ずいぶんと立派になったな。そういえば、婿に入ったと聞いたぞ」

「はい、今は巻田の姓を名乗ってます」

「そうか……まあ、上がれ上がれ」

庭の沓脱石《くつぬぎいし》に雪駄を捨てて、禎次郎は上がり込んだ。

向かい合うと、七之助は家長然として、胡座をかいた。

「して、どうしたのだ、急に」

「はい」禎次郎は姿勢を整える。「実はお役目を見込んでお尋ねしたいことがありまして、無礼とは思いましたが、早朝から押しかけました」

「ほう、まあ、幼なじみだ、遠慮はいらん。で、どのようなことだ」

「はい」禎次郎は声を落として、首を伸ばした。「安房の崎山藩を御存じでしょうか。三年前ほど前に国で強訴があったそうなんですが」

七之助は目を上に向けてから、頷いた。

「ふむ、聞いたな。数年前から大雨や大風のせいで米の不作が続いているからな、各所で強訴が起きたのだが、確か、そのうちのひとつだった」

隠密廻りは、いろいろな国の動きを探っている。国の江戸屋敷の動きを監視することも、怠りがない。

七之助も声を低める。

「あまり強訴が続くので手を焼いてな、去年、御公儀はお触れを出したのだ。これまでは、強訴が起きた当地で鎮圧《ちんあつ》することになっていた。されど、それだけではなかなか収まらないのでな、強訴が起きたと聞いたときには、近隣の領主も出兵して鎮圧に助力せよ、とな」

「そうだったんですか」

「うむ。わたしもいくつかの国の動きを探ったことがある。だが……崎山藩はわたしの受け持ちではなかったゆえ、くわしくは知らん」

知りたいのか、と七之助の目が問う。

「実は、わたしはつい最近、臨時廻りの山同心になりまして、そのお役目上、少し、内実を知りたいのです」

「ほう、山同心か」

七之助は腕を組む。役目の詳細を軽々《けいけい》に明かさないのは、廻り方の鉄則だ。ために、その理由を訊こうとはしない。

「そうさな、同役に崎山藩を調べた者がいたはずだ。訊いてみよう、少し日をくれ」

「はい、ありがとうございます」

禎次郎は腰を折る。と、下げた頭を上げた。

「実は先日、兄の庄次郎とばったりと出会いまして、七之助殿の話になったのです。で、お役を思い出して、図々しくもお願いに上がった次第でして」

「おお、庄次郎か。あやつのことはときどき町で見かけるのだ。こちらは姿を変えているので、向こうは気づかないがな。元気そうなので安心はしているが」

「はい。絵師になったそうで、芳才という名まであるそうです」

ほう、と七之助は眼を細める。

「身なりで武士は捨てたとわかったが、絵師か。あやつは己を貫いておるのだな」

禎次郎はしまった、と息を呑む。跡を継がざるをえなかった七之助にとっては、苦い話であるかもしれない……。

だが、七之助はその思いを察したように、笑った。

「いや、わたしも今では、日々の暮らしで手一杯。子供を持つと、目先のことしか見えなくなってしまうものだ。こうして腰を据えてみると、もともとわたしには庄次郎のような才も度胸もなかったのだ、と納得できる」

はあ、と貞次郎はその笑顔に安堵《あんど》する。七之助はふと目を細めた。

「ない者にはないなりの人生があるのだと、近頃は感じておるよ」

庭を子供達が駆けて行く。

七之助は禎次郎を見た。

「では、なにかわかったら知らせに参ろう」

「かたじけのうございます」

禎次郎は静かに立ち上がった。

八丁堀から下って永代橋《えいたいばし》を渡り、禎次郎は深川の町に入った。大川沿いを川上へと向かう。目指すのは、大川に注ぎ込む小名木川《おなぎがわ》の河口だ。万年橋《まんねんばし》が架かり、以前には船番所も置かれていた。川沿いには公儀の御船蔵《おふなぐら》もあり、御船手組《おふなてぐみ》の組屋敷がある。

重三郎《じゅうざぶろう》のやつ、いるだろうか……。禎次郎は胸の内で自問しながら歩く。

重三郎は西岡《にしおか》家の三男坊で、幼なじみだった。冬木町の岡場所に行こうと言い出したのも重三郎だったし、吉原見物を言い出したのもそうだった。禎次郎と新吾はどちらも一回でやめてしまったが、重三郎はほかの仲間達とその後も通っているという武勇伝を何度も聞いた。

その反面、重三郎は子供の頃から、断言して憚《はばか》らなかった。

「おれはいい家に養子に入って、絶対に幕臣になってやる。父上や兄上よりもえらくなってみせるぞ」

その言葉を実現させるべく、学問所や剣術道場には通いつづけ、師範には率先して小間使いを買って出ていた。もっとも、その用事を年少の者に押しつけるのも忘れない。結果だけを己のものとして持って行くのだ。ために師範の受けはいい。

その甲斐あってか、重三郎は、禎次郎よりも少し早く婿養子に入った。それが公儀の船を管理する御船手組の同心である岸井《きしい》家だった。

重三郎が入り婿をしてすぐの頃に、禎次郎は一度、皆で祝いの品を持ってその家を訪ねたことがある。

そうだ、ここだ……そのときのことを思い出しながら、岸井家の木戸門を探し当てた。

ちょうど出てきた中間《ちゅうげん》らしい男をつかまえると、すぐに戻って、重三郎を呼んで来た。現れた重三郎は、禎次郎の姿を見て、目と口を開いた。

「禎次郎……」

「ああ、久しいな。実はな、折り入って話があるんだ」

そう話す禎次郎に、重三郎は土間に飛び降りて走り寄って来た。

「いや、ここではまずい」

そのあわてぶりに戸惑いながらも、禎次郎は頷く。

「ああ、そうだな、家で話すわけにはいかないな。今日はこれから出仕か」

「いや、非番なんだ。外へ出よう、外へ。そうだ、仲町に行こう」

そういって禎次郎の腕をつかむ重三郎を、家の中から声が呼び止める。

「旦那様、おでかけですか」

女が草履を履いて外へと追って来る。追いつくと、女は禎次郎をまじまじと見つめて、その目を重三郎に移した。

「こちらはどなた様ですか」

「あ、ああ、幼なじみだ、河出、ではなく今は巻田禎次郎という。以前、来たことがあったではないか」重三郎は禎次郎を振り向く。「これは妻の吉乃《よしの》だ。覚えておるだろう」

禎次郎は微笑んだ。一度、垣間見《かいまみ》ただけの顔など覚えてはいない。

「その節はどうも」

曖昧に会釈をすると、吉乃も曖昧に笑《え》んで、重三郎の袖を引いた。

「では、巻田様とどちらに行かれるのですか」

「ああ、と、その……そう、別の幼なじみが病でな、見舞いに行くのだ」

「まあ、どこのどなた様です」

重三郎は妻の手を振り切って、踵を返す。

「そなたの知らぬ男だ」

「お戻りは」

なおも追って来る妻に、重三郎は足を速める。

「昼までには戻る」

急ぎ足で門を出る重三郎につられて、禎次郎も足を速める。

道に出てしばらくすると、重三郎はやっと足を緩め、小さく振り返った。

「うるさくてかなわん」

重三郎は首を振ると、口をへの字に曲げる。

「なにかにつけて事細かに訊いてくる。あれの母親もそうでな、どこへ行く、誰と行く、いつ帰る、なにを食べてきた、と子供でもあるまいに……」

義母と妻の愚痴をいいつづけ、ちらりと禎次郎を横目で見る。

「おまけにお役を継いだはいいが、船番所へ行かされたり、遠くの川や海にまでやられるのだ。こんなお役なら、八丁堀のほうがよほどましだ。遠いと西国にまで行かされてな、同役の中には……」

息もつかないような勢いでしゃべりつづける重三郎を、禎次郎は呆然と見た。子供の頃から自慢話を滔々《とうとう》と話すことはあったが、愚痴はいわない性格だった。弱みを見せることは、見栄を張ってでも避けようとする男だ。

なんだというんだ……禎次郎は戸惑いながらも、並べ立てる不満を聞きながら歩く。

永代寺《えいたいじ》の門前町としてにぎわう仲町に着き、料理茶屋に上がるまで、それは続いた。

「すまん、茶と菓子だけでいい」

重三郎はなじみらしい女将にいうと、奥の部屋へと禎次郎を招いた。

座敷で向かい合うと、重三郎は正座をして、いきなり手をついた。が、腰を折るだけで頭は下げない。

「すまん、禎次郎」

上目遣いでこちらを見る。

呆気《あっけ》にとられて、禎次郎はただ、見つめる。

重三郎は手を上げると、掌を見せて振った。

「いや、しかし、本当に話がまとまるとは思っていなかったんだ。つい、思いついておまえの名前を出してしまっただけで」

「なんの話だ」

目を丸くする禎次郎に、重三郎はおや、と首をかしげた。

「離縁とか、もめてるとか、それで恨《うら》み言《ごと》をいいに来たんじゃないのか」

「誰がだ」

「だから、おまえと巻田家が……」

今度は禎次郎が首をかしげる。もしそうだとしても、なにゆえに重三郎があやまるのか……。そういえば、新吾も「聞いてないのか」といっていたな……。

禎次郎は眉を寄せる。

「それがおまえにどう関係があるんだ」

えっ、と重三郎が身をそらす。と、ともに、身体の力が抜けていくのがわかった。

「なんだ」

足を崩して胡座になると、うしろに手をついて天井を仰ぐ。

「なんだ、知らなかったのか」

禎次郎は身を乗り出す。

「こっちこそがなんだ、だ。なにを知らなかったのか、ちゃんと聞かせてもらおうじゃないか」

「あぁー、まいったな」

重三郎は首筋を掻きながら、身体を揺らす。が、それを止めると、背筋を伸ばした。

「よし、話す。実は、巻田家の婿養子話は、最初、おれに来たんだ。仲人好きの阿部《あべ》様から……おまえに話を持ち込んだのも、阿部様だろう」

「ああ、阿部様から父に話が来たということだ。仲人も阿部様だった」

「うん。まあ、それで話が来たときに、一度、おれは巻田家に行ったわけだ。顔合わせだな。五月殿はなかなかの美人だし、淑やかだし、申し分ない。しかし、あの母上には参った。頭の上から押さえつけるように、きいきいとうるさいことをいう。金にも細かそうだしな。これではとてもやっていけん、と思って、後日、阿部様に断りを入れたんだ。おれのような者はあの立派な家風にはとてもそぐわない、といってな」

なるほど、と禎次郎は腑に落ちる。ほかの話もあったが縁がなかった、というのは、こやつのことであったのか。確かに、遊び好きで金遣いの荒い重三郎には、あの家は合わないだろう……。

「それで」

「うむ、それで、阿部様が残念そうなお顔になったのでな、ついいってしまったんだ。真面目で岡場所にも寄りつかない、河出禎次郎といういい男がいる、とな」

重三郎がまた上目になる。

禎次郎は息をもらした。そういうことか……こやつめ、そのうしろめたさから、自分も養子先ではいい目には遭ってないのだと愚痴ったんだな……。そう腑に落ちて、禎次郎はぷっと吹き出した。

「そうだったのか。初めて聞いた話だが、まあ、いいさ。巻田の母上は確かに口うるさいし、面倒なところがあるがな、おれは上手《うま》くやっている」

「そうなのか」

驚きを顕《あら》わにする重三郎に、禎次郎は笑顔を見せた。

「ああ、河出の家も、父上が頑固で厳しいお人だったからな、聞き流すのは馴れている。ああいうお人のいうことは水鉄砲みたいなもんだからな、まともにかぶらず、適当に身をかわせばいいんだ」

「ほう、そうなのか」

重三郎は頷きつつ笑顔になって、膝を叩いた。

「いや、よかったよかった。話がまとまったと聞いて驚いたんだが、そのあと苦労をしているんじゃないかと、たまに……いや、しょっちゅう気になっていたんだ」

が、その笑顔をふと納めると、重三郎は真顔になった。

「っていうことは、なんの話で来たんだ」

「ああ」禎次郎は茶をずっと飲む。「いや、深川で遊び馴れているおまえなら知っているかもしれないと思ってな。岡場所には女衒が女を売りに来るんだろう。銀次っていう名前を聞いたことはないか」

はぁ、と重三郎は目を歪める。

「おれたちが会うのは、そういう売買が終わったあとの娘達だぞ。女衒なんて、いってみれば卸《おろし》だろう。そんなやつらとは会うことなぞないさ」

そういいつつも、首を傾ける。

「だが、そうさな、卸から買い受ける問屋業ってものがあるな。深川では女達を買って見世《みせ》に出す置屋を子供屋というんだがな、そこの主なら、女衒を知っているかもしれないな」

重三郎の言葉に、禎次郎は身を乗り出した。

二

朝、上野の山の黒門に向かっていた禎次郎は、小走りになった。先刻から、小雨が降り出したのだ。

門の前では、雪蔵ら供の三人が菅笠《すげがさ》を被って待っていた。

「へい、旦那の分です」

勘介が菅笠を差し出す。

「合羽《かっぱ》もあります」

雪蔵が紙に油を引いた合羽を拡げる。

それを羽織りながら、とりあえず黒門をくぐる。上からは雨をよけるように身をかがめた人々が、急ぎ足で下りてくる。雪蔵はそれをよけながら、禎次郎を見た。

「もう、だいぶ人が帰りました。片倉様も、さっき帰って行きましたよ」

「そうなのか」

「はい、雨の日にはお山も人がいなくなりますからね、見廻りもまあ、ほどほどでいいんです。片倉様は供の三人を一人ずつ、適当に廻らせてすませたりしてますから」

なるほど、と禎次郎は頷きつつ坂を上る。

「では、我らも桜茶屋で雨をしのぐとしよう。やんでから廻ればいい」

「へい」

勘介が飛び跳ねる。岩吉も足が速くなった。

桜が岡では、葉桜の緑に、細かい雨が降り注いでいた。

桜茶屋の長床几からは緋毛氈がしまわれ、雨が板木の茶色を濃くしている。

「おや、旦那方、どうぞ奥へ」

主の与平が手招きをする。

お花が手拭いを持って現れると、勘介と岩吉は我先にとその前に進み出た。お花は両手に手拭いを持つと、二人の肩を同時に拭う。

「あら、大変」

禎次郎と雪蔵は苦笑しながら、奥の板間に腰を下ろした。

「さ、甘酒をどうぞ」

女房のおはるが、それぞれの前に湯気の立つ茶碗を置く。

「花冷えはけっこう冷えますよって」

そう微笑むおはるを見ながら、禎次郎はその言葉に上方《かみがた》なまりがあるのに気づいた。主の与平にも感じていたことだ。

与平とおはるは、あきらかにひとまわりは違う。与平はどこかおっとりとしているし、おはるにもふとした折に色香が漂う。寄り添う姿にも、どこかはかなげな香りがあった。

まあ、いろいろあるさ……禎次郎は茶屋夫婦を見ながら、甘酒を含んだ。甘さと生姜の辛さが、喉へと落ちていく。

禎次郎は雨で煙る外に目を向けると、昨日のことを思い起こした。

重三郎は紅屋《べにや》という子供屋に禎次郎を連れて行き、主の籐兵衛《とうべえ》に引き合わせてくれた。

「じゃ、おれは帰るぞ、うちがうるさいからな」

そういって重三郎はさっさと引き揚げて行き、禎次郎は籐兵衛と向き合った。背中からそっと十手を抜くと、籐兵衛に見せ、禎次郎は神妙な顔を作った。

「御用の筋で調べているのだ。銀次という女衒を知っておるか」

「銀次が、なにかしでかしたんですか」

細面《ほそおもて》の顔を、いかにも迷惑そうに籐兵衛は歪ませた。禎次郎は顔を和らげる。

「いや、科《とが》ごとじゃないんだ。買った娘の売り先を知りたいだけでな。おみつという……そうだ、ここには安房から売られてきたおみつという娘はいないかい」

「おみつ……」籐兵衛は腕を組む。「一人、いますが、安房の娘じゃない、武州《ぶしゅう》から来た子です」

「そうか。やっぱり銀次に聞くしかないな。どこに行けば会えるか、教えてもらえないかい」

「へえ、それは別に……元鳥越《もととりごえ》の長屋に住んでますよ。うちも使いを出したことがありますんでね。大黒長屋《だいこくながや》というところです。大黒屋さんの持ち物で、訊けばすぐにわかるでしょう」

「そうか、ありがとうよ」

「ですが」と籐兵衛は首をかしげる。「いるとは限りませんよ。なにしろあっちこっちに娘を買いに行ってますからね」

その言葉どおり、元鳥越の大黒長屋に行ってみたが、銀次はいなかった。

禎次郎は立ち上がって、桜茶屋の入り口まで進んだ。

空が少し、明るくなりはじめている。

帰りにまた元鳥越に寄ってみよう……そう、胸中でつぶやいて、曇天を見上げた。

雨は降ったりやんだりを繰り返していたが、暮れ六つ、黒門を閉める頃には、すっかり上がった。

供の三人と別れて、禎次郎は元鳥越を目指した。いつもはまっすぐに進む道を、左に折れて、大川の方向へ近づいていく。武家屋敷と町屋の混じった一画に元鳥越町がある。

昨日も訪れた大黒長屋の手前で、禎次郎ははたと立ち止まった。

黒羽織を脱いで、腰の十手をその中にくるみ、小さく丸めて、小脇に抱える。同心姿では、警戒されるだろう、と踏んでのことだ。

長屋に入って行くと、昨日、銀次の家を尋ねた子供が、こちらに気がついて寄って来た。

「お侍さん、銀次あんちゃん、帰って来たよ」

「おお、そうか、ありがとうよ」

禎次郎は子供の頭を撫でて、その戸口に向かう。

耳を澄ませて中のようすを窺い、物音がするのを感じて声をかけた。

「銀次さん」

中の物音が近寄ってくる。戸が重い音を立てて、開いた。と、禎次郎の姿を見て、ぎょっとしたように身を引く。

「なんでい、あんたは」

「いや、ちょっと尋ねたいことがあって参ったのだ。三年ほど前に安房の崎山で買った娘に、おみつという者がいただろう。その売り先を知りたいのだが」

たたみかけるように言葉を連ねる禎次郎に、銀次はちっと舌打ちを鳴らす。身体を引いて、顎をしゃくると、中へ入るようにと促した。

禎次郎が土間に入ると、銀次は戸を勢いよく閉めて、睨みつけた。

「買うだの売るだの、大きな声でいわねえでくれ。まわりに聞こえるじゃねえか」

「あ、ああ、すまない」

禎次郎が声を抑えると、銀次は腕組をしながら、片足で土間を踏んでぱたぱたと鳴らした。

「で、なんですかい。安房のおみつって……ああ、そういや、いたな、雀《すずめ》みたいにちっこい娘が」

「その娘はどこに売った、覚えているか」

銀次は上を向く。

「ああ、あれは口入れ屋に連れて行かずに、あっしが直《じか》に売ったんだ。高井戸《たかいど》宿の旅籠でさ」

「なんという旅籠だ」

「鶴屋《つるや》。飯盛り女がほしいと、前々から頼まれてたんで、連れて行ったんでさ。けど、あっしを責めるのはお門違《かどちが》いですぜ。親が売るっていうから娘を買うんだ。女だってそうよ、買うって男がいるから身を売るんだ。こりゃ、ただの商いだ、そうじゃありませんか」

禎次郎は、思わず口を噤み、そして開いた。

「いや、そなたを責めに来たわけではない。だが、いい商いともいえないな」

ふっと、銀次は鼻で笑う。

「よくねえ商いが堂々とまかり通るってのは、世の中がよくねえからだ。そうじゃねえんですかい」

銀次の歪んだ笑みに、禎次郎は言葉をなくす。

「そうかもしれないな」

禎次郎も失笑を浮かべると、礼をいって外へと踏み出した。

「覚えていてくれて助かった。じゃまをしたな」

目の前で戸ががたがたと閉められる。ちっと舌打ちが聞こえる。戸に対するものなのか、こちらに向けたものなのかはわからない。

まあ、とにかく……と、気を落ち着かせる。わかっただけでも御《おん》の字だ……禎次郎はつぶやく。

抱えていた羽織を拡げながら、禎次郎は表通りへと歩き出した。

暗い夜道を戻ってきた禎次郎に、五月が刀を受け取りながら尋ねる。

「またお食事はおすみですか」

「いや、今日は食べてきてない」

禎次郎の応えに、では、と五月は台所へと行く。

膳に着いた禎次郎の前に、五月は温め直した厚揚げ煮と味噌汁を置く。

その姿を見ながら、禎次郎は重三郎の言葉を思い返していた。

「五月殿はなかなかの美人だし、淑やかだし、申し分ない」

そうか、美人なのか、と思いつつ妻の顔を見る。そういわれてみれば、色は白いし、目鼻立ちも整っている。美人なのかもしれない、と改めて思う。

「どうぞ」

差し出された飯椀を受け取りながら、その眼差しの奥の気持ちを思い量る。

五月は、重三郎を気に入ったんだろうか、断られて気落ちしたんだろうか、もしかしたら、そのせいでおれが気に入らないのかもしれない……そんな思いが湧き上がり、禎次郎は首を振った。だとしても、もう今更しょうがない……。

禎次郎は味噌汁を流し込む。

「そうだ」禎次郎は顔を上げる。「明日は朝餉をとったら早めに出る。用事ができたんでな」

「はい、わかりました」

五月は淡々と頷いた。

三

谷中の坂を、桃源院を目指して上る。

山門が見えて来た辺りで、禎次郎は首を伸ばした。

門の内側を覗き込んでいる人影があった。近づくにつれて、袴と二本差しの姿がはっきりとしてくる。

参拝客か墓参りだろうか……そう思いながら寄って行くと、相手は禎次郎に気づき、
顔をそむけた。そのまますたすたと門を離れていく。

なんだ……いぶかりつつも、門をくぐった。境内には人の姿はない。が、庫裏の内
から話し声が聞こえてきた。流雲の銅鑼声《どらごえ》が混じっている。

「ごめん」

戸を開けて、禎次郎は返事を待たずに上がり込んだ。

「なんだ、山同心か」

振り向く一炊に続いて、流雲も「おう」と笑顔になった。

「供物の下がりが出たのでな、持って来たんだ」

向かいに座る仁右衛門ら三人の前に、饅頭が置かれている。

口を動かしながら、三人は禎次郎に会釈をした。流雲が禎次郎を傍らへと招く。

「さ、栄次郎《えいじろう》といったか、そなたも食え」

「禎次郎です」

座りながら、饅頭に手を伸ばす。よくある茶饅頭ではなく、白く大きな饅頭だ。おそらく贅沢なものなのだろう、さすが寛永寺だ……禎次郎はその上品な甘さを舌に転がしながら、息を落とした。

その思いを代弁するように、大作がつぶやく。

「村の者《もん》は、一生、こんなもの食えやしねえ。ねえところにはなんにもねえのに、あるところにはありやがんだな」

流雲が身体を揺らす。

「世の中というのは理不尽《りふじん》なものだ。お釈迦様《しやかさま》の頃からそれは変わらん。だから、救いが必要なのよ」

「なるほど」禎次郎は頷きながら、仁右衛門に向いた。「救いになるどうかはわからんが、女衒の銀次を見つけてな、おみつちゃんの売られた先を聞き出したぞ」

「え、どこですかい」

「高井戸宿だそうだ」

たかいどじゅく、と仁右衛門はつぶやく。

「一炊に聞いたが、娘を探しているそうだな」

流雲の問いに、仁右衛門はうつむいた。

「へえ、売っちまってからすまねえ思いが湧いて湧いて……いたたまれねえ……」

ふん、と流雲が鼻息を鳴らす。

「ひった屁《へ》は戻せないもんだ。やってしまったことはやり直しはできん。だが、悔いがあるなら、そいつと真っ向から向き合うことだ」

「向き合う……」

「ああ、悔いというのは生き物でな、日が経つにつれて大きくなっていく。すると、そいつに押し潰されてまっとうな考えができなくなるものよ」

「そうよ」一炊が続きを受ける。「悔いが募《つの》るとな、手前の愚かさや弱さのせいでしたことなのに、人のせいにしてみたりするもんじゃ。反対に、どうしようもないことだったのに、手前が全部悪かったと思い込んだりするものよ。頭を冷やして向き合えば、そういう曲がりを直せるものじゃて」

「うむうむ」流雲が頷く。「実相がわかれば、同じことを繰り返さないですむ。たとえ愚かさや弱さが元だったとしても、一皮分《ひとかわ》は賢く強くなるもんだ」

「ふむ、まさにな」一炊が仁右衛門を見つめる。「それに、謝る相手がおるのなら、さっさと謝るが良策じゃ。おまえさんの気持ちも救われるが、なによりも娘の心が救われる。きっと許してくれようよ」

仁右衛門は頷く。その口は曲がり、溢《あふ》れようとする思いを堪《こら》えているのがわかった。

「高井戸宿ってのは」長兵衛が口を挟む。「遠いんですかい」

ああ、と禎次郎は腕を組んだ。

「ここからだと、根津《ねづ》に下りてから白山《はくさん》を上って、雑司《ぞうし》が谷《や》、大久保《おおくぼ》、内藤新宿《ないとうしんじゆく》、幡《はた》が谷《や》と……そうだな、一日仕事になるかもしれないな」

はくさん、ぞうしがや、と仁右衛門は戸惑いを浮かべてつぶやく。

「ああ、大丈夫だ」禎次郎はぽんと腿を打つ。「おれが案内してやる。明日は非番だから、いっしょに行こう」

「けんど……」

高井戸宿と聞いたときから、禎次郎は胸のうちで決めていた。

肩をすくめる仁右衛門に、流雲が笑う。

「遠慮するな。一人だと迷って、辿《たど》り着けんぞ。この敬次郎《けいじろう》にはどうせ他意はない。ただの変わり者だ」

「禎次郎です」苦笑しながら、禎次郎は頷く。「どうせ暇だから、かまわん」

へえ、と仁右衛門は手をついた。

「そいじゃあ、お頼みします。ありがとうごぜえやす」

「あ、それなら」長兵衛が声を上げる。「おらも行っていいですかい。江戸のあっちこっちを見てみてえ」

「おお、いいとも」

禎次郎は両手で腿を打った。

桃源院の山門を出て、禎次郎は上野に向かって歩き出した。

気分よく、空を見上げる。

と、その目の端に動くものを捕らえた。そっと首を巡らせると、向かいの山門から人影が出て来たのだと察せられた。

顔を前に戻しながら唾を呑み込む。

さっきの侍だ……禎次郎は辻を曲がった。

身を隠してから、そっと顔を出してようすを窺う。侍は桃源院のほうに向かっている。塀や門に身を隠しながら、禎次郎は来た道を戻った。

叫び声が上がった。

桃源院の中だ。

禎次郎は懐に手を入れて、小柄入《こづか》れをつかんだ。走りながら、それを拡げ、並んだ小柄の一本を引き抜く。

山門に飛び込むと、刀を掲げている侍の姿が目に飛び込んだ。その下では、地面に転んだ長兵衛が両手で鍬を掲げて、身を守ろうとしている。

禎次郎が足を止めた。一瞬、息を止めて小柄を投げる。

空を切って、小柄は一直線に、飛んだ。空を切って、侍の二の腕に刺さる。

ぐっと喉を鳴らして、侍が振り返った。腕に刺さった小柄を見て、形相を変える。

禎次郎は二本目の小柄を持った。

今度は手首をひねって投げる。

くるくるとまわりながら、小柄が飛ぶ。まわりながら、侍の刀に当たる。

侍の手から、刀が弾き飛んだ。

侍が禎次郎を睨み、もう一本の脇差しに手をかけようとする。

「なにごとだ」

がなり声が上がった。

庫裏から流雲が飛び出して来たのだ。

手にした心張棒《しんばりぼう》を高く振り上げて、侍に突進する。大柄な流雲がますます大きく見える。

「この曲者が」

怒鳴り声を上げる流雲に、侍は身を引く。禎次郎も十手を抜いて、その横にまわり込んだ。

ちっ、と舌打ちをして、侍は刀を拾い上げた。と、それを振りまわしながら、脱兎《だっと》のごとく走り出す。

坂を駆け下りる足音が、みるみる遠ざかっていった。

追おうか、と一瞬迷ったものの、禎次郎は踏みとどまった。どのみち追いつきそうにはない。

「怪我はないか」

そういって、禎次郎は長兵衛に手を伸ばす。

「へえ、大丈夫でさ。鍬を振るっていたらうしろで足音がしたんで、よけました」

持ち上げた鍬の柄《え》には、刀傷がついている。

「このあいだの侍とは違ったな」

禎次郎の言葉に長兵衛も頷く。

「へい、別の顔でした」

どうした、と一炊や仁右衛門らも出て来る。

「まったく」

流雲は仁王のように立つと、心張棒で地面を突いた。

「己らを守るために罪もない者を殺そうなんぞ、鬼畜《きちく》の所業だ……この世にいながら畜生道《ちくしょうどう》を生きるやつらめ」

ほう、と一炊は鍬の傷を見ながら眉を寄せる。

「まったく、愚昧《ぐまい》の者が力を持つ国と見える。こりゃ、民が耐えかねるのももっともじゃ」

「へい」

仁右衛門らは顔をしかめて頷き合う。

禎次郎は、山門近くに光る物を見て、拾い上げた。二の腕に刺さった小柄を、侍が投げ捨てたのだ。うっすらとついた血と脂を懐紙《かいし》で拭って、小柄入れに戻す。

「おい、こっちにもあるぞ」

流雲が地面の小柄を拾い上げる。

「小柄だな。そなたの隠し剣というわけか。見かけによらんな」

差し出された小柄を受け取って、禎次郎は照れ隠しに笑った。

谷中から上野の山を抜けて、禎次郎は黒門で供の三人と落ち合った。

山は相変わらず人出が多い。

禎次郎がだいぶ馴れてきたのを見て、雪蔵はひとり離れて見廻りに行った。同役筆頭の片倉の供も、よく三人それぞれに廻っているのに行き会う。

もう少し馴れたら、この二人もそれぞれに見廻りをまかせよう……そう考えながら、禎次郎はうしろを振り返った。上背のある岩吉が、なにか、と問うように首をかしげる。

「ああ、いや」

禎次郎は顔を上げながら、前々から感じていたことを口にした。

「おまえさんはどこの出なんだい。江戸育ちじゃあ、そんなにたくましい身体はできまいよ」

「へえ、わっしは秩父《ちちぶ》の出です」ぼそりと答える。「親父は木こりで」

「ほう、それがどうして江戸に出て来たんだい」

「へえ、木を運ぶのに人が足りねえっつうんで、手伝いで出て来て。江戸も見たかったもんで」

勘介が笑いながら、指を差す。

「岩吉っつぁんは、江戸で初めてきんつばを食ったそうですよ」

ふん、と岩吉が勘介を睨む。

「秩父はおやきだ。あれもうめえ」

禎次郎は微笑む。

「なるほど、それでそのまま江戸に居着いたというわけか」

「へえ。木を運ぶのに役に立つって、材木石奉行所の人足に雇われて。そのあと、その、いろいろあって、この仕事をもらいやして」

「秩父には帰っているのかい」

禎次郎の問いに、岩吉の顔が強《こわ》ばる。

「そ、そりゃ、そのうち、盆か正月に……いつかは……」

「ああ、別に責めてるわけじゃないさ。休みをどれくらいやればいいのか、知りたかっただけだ」

禎次郎は微笑んで、前を向く。なるほどな、こうして江戸の町には人が増えつづけるるわけだ、と納得する。

上野の山にも、江戸見物らしい人々が大勢やって来る。目を瞠《みは》って楽しそうに騒ぐ物見客を見ていると、こちらまで気分が浮くから不思議だ。禎次郎は微笑みを保ったまま、行き交う人々を見つめる。と、その目が、ある人影にとまった。箱を手にした煙草売りの男だ。

男はぶらぶらと歩いて来つつ、禎次郎の目を見つめて頷く。

あ、と声を上げて、禎次郎は寄って行った。隠密廻りの七之助だった。

「これは……」

向き合う禎次郎に、七之助は顎をしゃくって前を指す。

「このまま歩きながら話そう」

禎次郎は頷いて、供の二人を見た。どうしようか……そうだ……。

「桜茶屋で少し休もう。先に行っていてくれ」

「へい」

二人は先を争って、小走りになる。

七之助はぶらぶらと歩きながら、道の端へと寄っていく。

「人に聞かれたくない話は、歩きながらするんだ。あとをつけられれば気づくし、まわりの者に声を聞かれても、すれ違っての話だと中身はわからんからな」

「なるほど」

頷く禎次郎に七之助はまっすぐに前を見ながら、口を開く。

「そなたに訊かれた例のさの字の国のことだが……」

さの字、といわれて禎次郎は、ああ、と気がついた。崎山藩のことに違いない。なるほど、隠密廻りはこのようにして言葉を伏せるのか……そう合点して、頷く。

「はい、すみません、なにかわかりましたか」

「うむ。調べた者に聞いた。あそこはそもそも領主がいかんそうだ。江戸の中屋敷には側室が三人もいるらしい。一人は吉原の遊女上がり、一人は辰巳《たつみ》の芸者上がり、もう一人はわからんが、まあ、それだけでもどのような御仁か知れよう」

「なんと」

「ふむ。上がそれだから、下も同様。国家老も江戸家老も、おのれの懐ばかりを肥やしているという話だ。されば、その下の下までも同じ。とくに悪いのが江戸上屋敷の勘定方組頭だそうだ。以前、不正が暴かれそうになった折に、それを暴こうとした者が消えたらしい。藩邸の中で起きたことゆえ、仔細はあきらかでないということだが」

消えた、と禎次郎はつぶやき、拳を握った。ならば、仁右衛門ら三人に刺客《しかく》を放ったのは、その男に違いない……。

七之助は結んだ紙切れを禎次郎の手に押しつけた。

「そこにそれぞれの名が記してある」

紙切れをそっと袂《たもと》の中に落として、禎次郎は頭を下げた。

「ありがとうございました」

「これ、煙草売りにそのような仕草をするでない」

「あ、すみません」

また頭を下げそうになって、あわててそれを抑える。

七之助は口元だけで笑う。

「いや、これくらいはお安い御用。山同心となれば、この先、こちらも世話になることもあろう。持ちつ持たれつ、だ。こちらも山にはしばしば来るしな」

「え、そうなんですか」

「ああ」七之助の笑みが苦笑になる。「ここには、大名方の作った子院も多くあるからな、各大名の茶坊主が出没するのだ。上の御意向を探ったり、大名同士の探り合いをしたりもする。そして、そうした動向を、また我らが探るというわけだ」

「はあ……なるほど」

禎次郎は口を開けた。寛永寺の奥深さを、改めて痛感する。

「それに、公方様の御参拝の折には、我々も密かに出張《でば》るのだ。今月もまもなく御命日が来るであろう。また会うこともあろうよ」

七之助はくるりと身体を翻す。と、そのまま参道を下って行った。

禎次郎は見送りそうになるのを抑えて、そのまま前に歩く。

そうだ、家綱公の御命日は五月八日だ……。禎次郎は腹に力を込めた。

四

朝餉に向かう廊下を歩きながら、禎次郎は迷っていた。

後か先か、先か後か……。

板間から家族の声が聞こえてくる。

ええい、先だ。そう決めて、禎次郎は膳の並んだ板間へと入って行く。いやなことは飯の前にすませてしまったほうがいい。

そのまま滝乃の前に座ると、禎次郎は手をついた。

「母上、申し訳ありませぬ。棚直しはまた後日ということで、お許しください」

まっ、と滝乃の目尻が上がる。

「婿殿は今日は非番と聞きました。なれば、今日こそはと期待しておったものを」

「はい、日延べばかりで真《まこと》に恐縮なのですが、今日はどうしても行かねばならぬ所があるのです。日を移すわけにはいかないもので、御容赦ください」

ままっ、と滝乃の顎が上がる。それを抑えるように、傍らの夫が口を開いた。

「まあ、よいではないか」栄之助は微笑む。「ものごとにはなすべき順番というものがあるのだ。大事なものを差し置いてつまらぬものを先にすれば、大事が損なわれるというものだ」

「まあ、わたくしの頼み事がつまらぬものだというのですか」

滝乃は袖を握りしめて、夫を睨む。

「ああ、いや、そういうことではない。だが、それ以上に大事なことも、世の中にはあるということだ」

栄之助は禎次郎にそっと眼を細めてみせる。

「はい」禎次郎が思わず頷く。「その、大事なのです」

「まあ」滝乃が身をそらす。「婿殿までがわたくしを軽んじるのですね」

「い、いや、そうわけでは決して……」

「いいえ、わかりました。皆、わたくしを見下《みくだ》しているのです、ええ、ええ、そうでしょうとも」

滝乃の眼が赤くなる。

「いえ、だから、そうではなく……」

手を振る禎次郎の横に、すっと五月が座った。

「母上、もうすぐ新しい中間《ちゅうげん》が参ります。その者にさせればよいではないですか。そもそも、それは中間の仕事です」

母の顔がぐっと歪む。

巻田家には今、中間がいない。滝乃が叱りつけて暇を出してしまったからだ。

五月は夫の腕を押して、己の膳につけ、と合図をしながら、母に笑顔を向けた。

「口入れ屋から昨日、人が来て、新しい中間がみつかったと伝えられました。まもなく参りましょう。御安心ください」

母は居住まいを正すと、こほんと咳をした。
「そうですか、それならよいでしょう」
皆の肩から力が抜けるのが伝わった。
禎次郎はほっとして膳に着き、汁椀を手に取った。あさりと味噌の香りが立ち上る。
汁をすすりながら、ちらりと母の顔を覗う。赤くなっていた眼は、元に戻っている。
禎次郎はふと、幼なじみの重三郎の顔を思い出した。縁談を持ち込まれて、重三郎は
この家でこの家族と会ったのだ。
「あの母上には参った……とてもやっていけん」
あやつが縁談を蹴ったのは正しかったのかもしれないな……禎次郎はそう思いつつ
も、心の中で首を振った。いやはや、後悔先に立たず、とはこのことよ……。
内藤新宿への道を歩きながら、禎次郎は仁右衛門と長兵衛を振り返った。
二人は町ごとに、きょろきょろと辺りを見渡して歩く。
大久保の道では、二人が立ち止まり、広々とした辺りの田畑を眺めた。
風が舞い上がり、禎次郎の羽織を翻す。
二人の横に立つと、禎次郎は野原のような一画を差し示した。

「あそこにあるのが、馬乗りの稽古をする高田馬場《たかたのばば》だ」

だが、仁右衛門らはなんの反応も示さない。ふつうならば、すぐに堀部安兵衛《ほりべやすべえ》の名や、高田馬場はまだか、など、忠臣蔵《ちゅうしんぐら》で知られる科白《せりふ》が出るところだ。だが、そうか……と禎次郎は腑に落ちる。山間の村では忠臣蔵の芝居がかけられることはないし、田畑を耕すのに忙しい百姓は、町に芝居を見に行くこともできないのだろう……。

禎次郎は腕を周囲に巡らせた。

「この辺り、昔は田畑ばかりだったらしいが、近頃では、町がずいぶんと拡がってきているようだ。人も増えてな」

「へえ」

首をまわして、仁右衛門が眼を細める。

その横顔を見ながら、禎次郎は懐から折りたたんだ紙を出した。七之助から受け取った書きつけを、ひらがなで書き写したものだ。

「崎山藩のことだがな、少し、わかったぞ」

仁右衛門は紙を受け取って、拡げる。禎次郎も七之助からもらった書き付けを拡げて、書かれた名を読み上げた。

「領主は松下京太夫《まつしたきょうだゆう》、国家老が長谷孝次郎《はせこうじろう》、江戸家老が山賀修理《やまがしゅり》、それぞれに悪いらしいな」

七之助から聞いた話を、二人に伝える。

仁右衛門も、禎次郎が書き写した名を目で追いながら、頷く。

「そうでさ、おらはこの江戸家老は知らねえが、御領主も国家老もよくねえんだ。二人とも、国でも側女《そばめ》を囲っていやがる」

長兵衛も首を伸ばして覗き込む。

「このもう一人は誰ですかい。かんじょうがた……」

「ああ、江戸上屋敷の勘定方組頭で佐田定之助《さだじょうのすけ》というそうだ。なんでも、そいつがずいぶんと悪いらしい」

禎次郎は、告発しようとした者が殺されたらしい話を伝える。

「そなたらを狙わせたのも、おそらくその組頭だろう。なんとも悪辣《あくらつ》な話だ。とても太刀打ちできる相手ではないぞ。これは一度、村に戻って、みんなと相談したほうがいい。訴状を出して公事《くじ》にかけるのがいいと思うがな」

「誰を相手に訴えるんで」

「まさか、領主様を訴えるわけにはいかねえし」

仁右衛門と長兵衛の言葉に、禎次郎が詰まる。

「ううむ、だから、それを村で相談するんだ。年貢取り立てをしている役人あたりはどうだ。不正の取り立てがありそうじゃないか」

「あんな木っ端《こっぱ》役人、捕まえたくらいじゃなんも変わらねえ」

長兵衛の言葉に、仁右衛門は溜息を落とした。

「ああ、そうだな……けんど、みんなに相談してみるのはいいかもしんねえな」

仁右衛門は紙を懐にしまうと、禎次郎に礼をいった。

「こんなことまで、ありがとうござんす」

頭を下げつつも、道の先へと向き直る。

内藤新宿の町並みが、見えはじめていた。

内藤新宿の町を抜ける。

町には人が少なく、宿の二階は窓が閉ざされたままだ。

享保《きょうほう》三年（一七一八）に、改革の一環として宿場が廃止され、それ以降、かつてのにぎわいは消え失せていた。

禎次郎は静まりかえった宿を見渡す。往時はそれぞの宿の前に女達が立ち、道行く男の袖を引く声が、うるさいほどであったと聞いたことがある。

女達とは、この宿場で客寄せの目玉ともいわれた飯盛り女のことだ。飯盛り女という呼び名は表向きのもので、実は宿場の遊女にほかならない。一軒につき二人というように数は限られているが、公儀によって認められてもいる。が、内藤新宿では、洗濯女や水汲み女という名目でその数を増やしていった。そうして人が集まり、にぎわいを増せば、風紀も悪化する。それゆえに公儀の取り締まりの対象になったらしい、というのが今も伝えられている噂だ。

宿場の廃止によって、飯盛り女達は他の宿場や岡場所に売られて行ったという。

もしもこの宿場が開いたままであったなら、おみつはここに売られていたのかもしれない……禎次郎はそう思いを巡らせながら、傍らの仁右衛門を見る。仁右衛門と長兵衛は、さびれた町を歪めた顔で眺めていた。

うらさびしい内藤新宿を抜け、三人は甲州街道を西へと歩きつづけた。

田畑が拡がる幡が谷を通り過ぎて、一行は高井戸宿へと入る。内藤新宿が廃された今、この高井戸宿が甲州街道の江戸への入り口だ。

さほどのにぎわいはないものの、宿屋が並び、人が行き交う。いかにも内藤新宿から流れて来たらしい女達が、宿屋の前で男達に声をかけていた。

禎次郎は旅籠の看板を見上げ、鶴屋、と口中でつぶやきながら歩く。

「あ、あれでやしょ」

長兵衛が指を差す先に、鶴屋、という看板が掲げられていた。前に行くと、すぐに娘に袖を引っ張られた。そのまま中に入って行くと、待ち構えていた男がもみ手をして寄って来る。

「いらっしゃい、旦那と、ええと、こちらのお二人さんもいっしょですかい」

「いや、客ではない。尋ねたいことがあるんだ」

禎次郎の言葉に、男はたちまち笑顔を消し去り、両の手を離した。

「それならほかで聞いておくんなさい」

「いや、ここでしか聞けぬことだ」

禎次郎はそっと背中に手をまわすと、十手を引き抜いて羽織の陰から見せた。

男はたちまちに顔を歪め、帳場の奥へと声をかける。

「番頭さん、お願いしやす」

襖《ふすま》が開いて、白髪眉の番頭が出てくる。

禎次郎は十手を見せながら、番頭に寄った。

「ちょっと御用の筋でな、聞きたいことがある」

番頭は神妙な顔になって、では、と座敷に招き入れた。

禎次郎は十手を腰にしまいながら、弛みそうになる顔を引き締める。十手の威力ってのはすごいもんだ……そう、胸の内で嚙みしめる。

番頭と向かい合って、禎次郎と仁右衛門らが座る。番頭は二人をじろりと見ながら、重い声を出した。

「それで、どういう御用でしょうかな」

「うむ、売られてきた娘のことだ。三年ほど前に、女衒の銀次って男が、安房崎山からおみつっていう娘を連れて来ただろう」

「おみつ、ねえ」

番頭は口を曲げると、襖の向こうに声を投げた。

「これ、三吉《さんきち》、ちょっとおいで」番頭は禎次郎に顔を向ける。「女のことは三吉にまかせてありますんでね」

先ほどの男が入って来る。

「なんです」

「おまえ、おみつという娘を知っているかい……確かにおみつというのはいた気がするが、どこの出だったか……こちらのお方は安房崎山のおみつをお探しだそうだ」

「ああ」三吉はちっと舌を鳴らした。「それなら、おこうのこってすよ。おみつって娘はもううちにいたから、名を変えたんでさ。そら、やせてて、客引きも下手で、手を焼いた娘でさ」

その言葉に仁右衛門の手が拳に変わる。

「おまけに病がちで、寝込んでばかりだ。そのくせおまんまだけは人並みに食いやがって……」

仁右衛門の拳が震える。

「だから、売っちまったじゃねえですか。相手から値を叩かれて、損な商いをしちまったやつですよ」

仁右衛門の腰が上がった。そのまま三吉につかみかかる。顔を真っ赤にして、仁右衛門は三吉の顔を殴りつけた。

「よせ」

禎次郎がその腕をつかむ。

「こんな、こんなやつに……」

仁右衛門は引っ張られて尻餅をつきながら、わなわなと口を震わせる。長兵衛がその身体を押さえ込んだ。

「なにしやがんでえ」

三吉は顔を押さえて、立ち上がった。

「いや、いや、すまない」

禎次郎は手を上げて、その怒りを制する。

「許してやってくれ。これがそのおみつの父親なのだ」

三吉はぐっと喉を詰まらせる。が、そのうしろから番頭が首を伸ばした。

「親御だろうとなんだろうと、売り買いは商い。買った者をどうしようと、それはこちらの勝手というもの。御定法破りでもありませんよ」

仁右衛門が腕を振り上げようとするが、長兵衛の力に止められる。禎次郎は手で仁右衛門を制すると、番頭に向き合った。

「まあ、確かにそのとおりだ。いや、そなたを責めに来たわけではない。おみつに会えればそれでいいんだ。売った先を教えてくれないか」

「へん」

口元の血を拭いながら、三吉がいう。

「板橋宿さ。志村屋《しむらや》ってえ安旅籠だ。まったく売ったあとまで、面倒を起こしやがって、あの骸骨娘《がいこつむすめ》、とんだ疫病神《やくびょうがみ》だぜ」

三吉は畳を蹴るようにして出て行く。

禎次郎は仁右衛門を促して立ち上がると、その手首を握ったまま、外に出た。
仁右衛門の拳は、まだ震えが収まらない。その目も、赤いままだった。

第五章　命懸け

一

　朝方降っていた雨はやんだものの、上野の山はまだ湿り気が残り、木々の葉の色も濃い。禎次郎はそれを見上げながら、ぶらぶらと歩いていた。山同心の仕事にも馴れ、景色を楽しむ余裕が生まれつつある。

　大伽藍《だいがらん》の根本中堂に参拝客が出入りするのを、禎次郎はゆったりと眺めた。

「あのう」

　いかにも江戸見物らしい男が、うしろの勘介に問いかけた。

「寛永寺っちゅうのは、このお堂でっしゃろうか」

「ああ、違うよ」

勘介は腕を上げると、身体をぐるりとまわした。

「このお山全体を寛永寺っていうんだ。このお堂は根本中堂。寛永寺ってぇお堂はないのさ」

へぇ、と男は驚きつつ、頭を下げて去って行く。

禎次郎は苦笑した。山同心になる前には、やはり物見客と同じように思っていたからだ。

根本中堂をひと廻りして、また表へと向かう。が、その途中で、禎次郎は足を止めた。谷中の方角から、安房から来た三人のうちの一人である長兵衛が歩いて来るのが見えたからだ。

「あ、巻田様」

長兵衛は禎次郎の姿に気づいて走り寄って来る。

「仁右衛門さんを見ませんでしたか」

「いや、見ないな」

「そうですかい」長兵衛は首を巡らせる。「朝、起きたらいなくて、そのままどこにも見当たらないもんで」

「ふうむ。また、木瓜《ぼけ》や筍を探しに、崖のほうに行ったのかもしれないぞ」

禎次郎は顎を撫でる。昨日の高井戸宿での話に、気落ちしたことは想像がつく。がっくりとしたときには、なにか集中するものがほしくなるものだ、と己の経験から推《お》し量った。

「ああ、そうかもしれねえ。あっちは見てなかった」

長兵衛は踵を返すと、来た道を戻って行く。

「ありゃ、前に侍に襲われた三人組の一人ですね」

岩吉がぼそりという。

「あ、ああ」禎次郎は歩き出す。「谷中の寺で薪を割ったり、庭を耕《たがや》したり、役に立っているらしい」

「へえ」勘介は振り返った。「寺においてもらって江戸見物なんざ、いい身分だ」

「そうだな」禎次郎は頷く。「流雲和尚といい、やっぱり僧侶というのは慈悲深いもんだ」

三人は参道を下りはじめる。

そこに向かいから、別に廻っていた雪蔵が上って来た。

「あ、旦那、駕籠が来るそうです」

そのあとから、もう一人、男が上ってくる。同役筆頭片倉の小者を務める定次《さだじ》だ。

「巻田様、うちの旦那が黒門においでになるように、といっております」

「よし、わかった」

禎次郎らは急ぎ足で下りていく。

片倉は供を伴って、すでに黒門の前に立っていた。

広小路に駕籠が着き、ちょうど中から人が下りてくるところだった。

禎次郎は片倉に近寄り、そっと尋ねる。

「どなたですか」

「わからん。御先手組の武士がやって来たから、わたしもあわてて戻って来たのだ。御重臣だろうから、このあと、我らも付くことにする」

「わかりました」

黒門の両脇に分かれて、待機する。駕籠から下りた武士は、数人の供を伴って、ゆっくりと三橋へと向かって来る。

神君家康公や将軍や御台所《みだいどころ》を祀る寛永寺は、江戸城と同じように高い位を持つ。たとえ将軍であろうとも、三橋の手前で馬や駕籠から下りて、黒門をくぐることになる。礼を重んじる家臣であれば、三橋のずっと手前で駕籠を下りることも珍しくない。

一行は三橋を渡って、袴腰を進んでくる。

腰を曲げて、禎次郎はかしこまっていた。一行が目の前に迫った。と、背後から、あっ、という雪蔵の声が上がった。雪蔵が禎次郎の耳元にささやく。

「田沼意次様ですよ」

禎次郎は思わず目を上げて盗み見た。

と、同時に声がもれ、顔が上がる。

「あ、あ……」

相手の足が止まる。それは草履の鼻緒を直した老武士だった。

「おお、そなたか」

田沼は禎次郎に顔を向けた。

「あ、これは……」禎次郎は掌に汗を握る。「先日は、とんだ御無礼をば……」

「なにをいう」田沼は目元で笑う。「無礼どころか、世話になったな」

周囲の目がいっせいに集まる。

再び歩き出した田沼は、禎次郎に目でついてこい、といっているようだった。それに頷いて、あわてて横に付く。警護の武士が気を利かせて隙を作り、禎次郎はそこに入り込んだ。

隣を歩きながら、禎次郎はいっそう噴き出る汗を握りしめていた。

田沼意次の名は知っている。前《さき》の将軍家重《いえしげ》の側近くに仕え、そのあとをついだ家治からも信頼されている。二代にわたって信任厚い重臣として、幕臣なら誰でも知っている名だ。二年前の明和四年（一七六七）には、側用人《そばようにん》として取り立てられ、権勢ますます高まりつつあることも、公儀に仕える身であれば知らぬ者はいない。

禎次郎の喉が唾を呑み込んで大きく鳴った。

田沼は口元で笑う。

「そう堅くなるな。そなたは正直で愉快なところがいいのだ、巻田禎次郎」

禎次郎は驚いて目を開く。

「名まで覚えておいでとは……」

「ふむ、わしは聞いた名は忘れん。ゆえに、誰にでも聞くわけではない」

「はあ」

禎次郎は緊張してうつむく。と、その隣の足元が見えた。田沼の足は、真新しい草履を履いている。視線を察して、田沼は小声でいった。

「さすがに今日はな。だが、あの草履は庭履きとして、しつこく使っておる」

は、と禎次郎は額にも噴き出した汗をそっと拭う。

前方には大伽藍の屋根が見えはじめた。禎次郎は田沼に問うた。

「あの、根本中堂においでですか」

「いや、御本坊に参る。四日後には八日様の御法要があるのでな、上様から輪王寺宮《りんのうじのみや》様にお届け物があるのだ」

禎次郎は戸惑いつつも思い出す。将軍の名を口にすることを遠慮して、命日を呼び名の変わりにするのだ、と聞いたことがあった。家綱公のことは八日様、綱吉公のことは十日様とお呼びするのだ、と片倉にも教えられた。

禎次郎ははっと気になって、反対側を歩く片倉を見た。人越しに、片倉は睨むようにこちらを見ている。禎次郎は高い背を縮めるように肩をすくめた。

田沼は前を見たまま話す。

「上様御参拝の折には、そちらも忙しくなるな」

「はい。ですが、光栄です。ふだんは子供のでんでん太鼓などを取り締まっておりますから」

禎次郎がまじめくさって答える。田沼は肩を揺らし、笑いをもらした。

「やはり、そなたは愉快だ」

威厳を崩さないように、肩だけで笑っているのがわかった。

「いや、寛永寺がそのように平穏であるのは、世が平穏であることの証《あか》しよ。それを聞いて、少し、気持ちが穏やかになったぞ」

「はあ」

禎次郎はまた肩をすくめる。

一行は御本坊に着き、重厚な門が開けられた。

入って行く田沼の背に、警護の武士らが深々と頭を下げる。

門が閉められたとき、片倉が走り寄った。

「そなた、田沼様を存じておるのか」

その血走った目から顔をそむけて、禎次郎は手を上げた。

「いえ、先日、たまたまお声をおかけして、名を問われただけです」

「なんと、御側用人様に声をかけるなど、畏れ多いにもほどがある。新人のくせに分《ぶん》を弁《わきま》えぬとはなにごとだ」

片倉の唾を顎に受けつつ、禎次郎は頭を下げた。

「すみません、田沼様とは知らなかったのです」

「知らなかった、だと」

「はい、本当に。知ってたらしません、そんなこと」

平身低頭する禎次郎に、片倉は大きく息を吐いた。

「抜け目のないやつだ。呑気な顔をしているから、油断したわ」

「いえ、そういう他意は……」

そういいながら顔を上げると、片倉はすでに背中を見せていた。

ふうと溜息を落として、禎次郎は肩を叩く。

「いやあ、旦那……」勘介が脇から覗き込む。「あの田沼様とお知り合いとは、なんともお見それしやした」

「そんな大層なもんじゃない」

禎次郎は背中を丸めながら、歩き出す。

驚いたのはこっちだ……そう、口中でつぶやいていた。


夕方。

閉門前の見廻りをする禎次郎を呼び止める声があった。

「旦那、すみません」

侍に斬られた大作だ。肩には晒しを巻いているが、足取りはしっかりとしている。

「おお、もう怪我はいいのか」

「へえ、もう痛いのも軽くなりやした。あの、仁右衛門さんを見ませんでしたか」

「え……まだ戻ってないのか。朝も長兵衛さんが探していたが」

へい、と大作が首を巡らせる。

「どこに行っちまったんだか」

「そうだな」禎次郎は空を見上げた。「だが、もうじき暮れ六つだ。その頃には戻るだろうよ」

「そうでやすね、腹も減りますしね」

大作はにっと笑った。

戻って行く大作を見送って、禎次郎はまた見廻りに歩き出す。昼間の気疲れが出て、禎次郎の頭はひどく重かった。

翌日には、禎次郎の気疲れも消えていた。

昨日、田沼と並んで歩いた道を歩きながら、やりとりなどを思い出す。が、田沼の顔が甦っても、もう緊張は湧かない。二年前には遠州《えんしゅう》相良藩《さがらはん》の領主となった城持ち大名であることも改めて思い出したが、遠いできごととして感じるだけだ。

しょせん、大名などには縁がないのだ。この先、関わることもあるまいよ……そう想うと気持ちが楽になって、禎次郎はぶらぶらと歩き出す。

五重塔を見上げながら、禎次郎は眼を細める。

大名になる者には大名になるだけの器が備わっているのだ……田沼様は実際、人物が大きくて深そうじゃないか……。それにそういう人物を見抜いて登用するのだから、公方様というのも、大したものなのかもしれないな……。禎次郎は胸の内でつぶやきながら、青い空に目を巡らせる。

「旦那」

横から声がかかった。木立の中から、辺りを見まわしつつ安房の長兵衛が出て来る。その気を張り詰めたようすに、禎次郎は声をひそめて問うた。

「どうしたんだ」

「へえ、仁右衛門さんが帰って来ないんで」

眉を曇らせる長兵衛に、禎次郎も神妙になる。

「まさか、どこかで襲われたわけじゃあるまいな」

二度、襲われたときのことを思い出す。

「へえ、おら達もそれを心配してるんで。昨日の朝からずっと見ねえんで、どうしたもんか」

長兵衛は腕をさする。禎次郎は結んだ口をはた、と開けた。

「いや、もしかしたら板橋宿に行ったのかもしれんぞ」

長兵衛も頷く。

「そいつはおら達も考えてるんだけんど、探しに行ったほうがいいでやしょうか」

禎次郎は腕を組む。

「ううむ、しかし、そうだとは限らんしな。もう少し待ったほうがいいだろう。どのみち、そなたらもあまり出歩かないほうがいい」

へい、と長兵衛は頷く。

「もうちっと待ってみやす」

長兵衛は辺りを窺いながら、谷中へと踵を返した。


「旦那」

再び長兵衛が姿を現したのは、夕刻だった。

「仁右衛門さんが戻ってめえりやした」

「おう、そうか」

「へい、やっぱし、板橋宿に行ってたそうです」

長兵衛は頭を下げつつも、その頬を歪める。

「けんど、なんだかようすが暗《くれ》えんで、これから話を聞いてみやす。とりあえず、旦那にはちゃんといっておかねえと、と思ったもんで」

「ああ、ありがとうよ。おれもとりあえず気が休まった。よかったな」

禎次郎は長兵衛の腕をぽんと叩いた。

走って戻って行く姿を見送りながら、禎次郎はほっと胸を撫で下ろした。と、同時に口を曲げる。

明日の非番に、板橋宿につきあってやろうかとも思っていたんだがな、さて、行くところがなくなったな……禎次郎は肩をすくめた。

二

朝、禎次郎は胸を張って、朝餉の膳に着いた。斜め向かいに座る滝乃に、禎次郎は声を腹から出す。

「母上、今日は棚を直します」

あら、と傍らの五月が香の物と小皿を置きながら首をかしげる。

「よいのですか」

「ああ、今日はなにもない。大丈夫だ」

「ほお、それなら」栄之助が頷く。「わたしも手伝おう」

滝乃は皆の顔を見ながら、こほんと喉を鳴らした。

「そうですか、では、お願いいたしますよ」

「はい」

禎次郎は胸を叩いて見せた。


滝乃に先導されて台所へ入った禎次郎は、栄之助とともに土間に下りた。母は壁面に作り付けられた棚を指さす。

「それ、ぐらぐらと揺らぐのです」

板を触ると、確かに揺れる。棚は上から斜めに、棒で吊されており、下からもやはり棒で支えられている。上の棒の先は、確かに禎次郎の腕しか届かない高さだ。おそらくずっと以前に、背の高い中間《ちゅうげん》が作ったのだろう。

禎次郎は背伸びをして、打ち付けられた釘の辺りを見た。

「ここにもう何本か釘を打ち込めば、大丈夫でしょう」

禎次郎の声に、滝乃が声を尖らせる。

「そのような付け焼き刃では、またすぐにだめになるに決まっています。台所は湿気と火の気があるせいで、傷みやすいのですよ」

滝乃は手を腰に当てると、聞こえよがしにふぅと溜息を吐いた。

「まったく婿殿は、いつでもそうやって小手先だけですませようとする……それが気構えの緩いところなのです」

はあ、と禎次郎は頭をかく。改めて手を伸ばして、手で打ち付けられた棒を揺らしてみる。と、壁板までもが揺れる。

「そうですね、確かに、この壁板も傷んでるようですね。では、壁を補強して、棚ごと取り替えることにしましょう」

ほう、と栄之助もうしろから見上げる。

「そうか、ではわたしも手伝おう」

「はい、助かります。では、とりあえず、この棚を外してしまいましょう」

禎次郎は棚に載せられた鍋やすり鉢、ざるやかごなどを下ろしていく。

栄之助と五月がそれを受け取り、板間へと運ぶ。

「釘抜きはありますか」

振り向く禎次郎に滝乃は首を振る。

「そのようなものはありません」

え、とうろたえる禎次郎に五月が進み出た。

「わたくしが近所で借りて参ります」

そういって勝手口から出て行く。

「玄翁《げんのう》と鋸《のこぎり》はあるぞ。取ってこよう」

栄之助は奥へと行く。

滝乃と二人きりで残された禎次郎は、目を浮かせて口をもぐもぐと動かす。なにか気の利いたことでもいおうと思うのだが、適当な言葉が浮かんでこない。気詰まりな相手に話の糸口を探すのはどうも苦手だ。毅然として立ち尽くす滝乃の姿が、さらに気詰まりを増す。

「おうい、あったぞ」

栄之助が戻って来て、土間へと下りる。禎次郎がほっとして寄って行くと、父は鋸を手に掲げて眉を寄せた。

「だが、ずいぶんと錆びている。錆落としをせねばならんな」

五月も戻って来る。

「借りられました」

差し出された釘抜きを手に、禎次郎は釘の頭にかける。ぐいと引くと、釘は呆気なく抜けた。

「ああ、これは、やはり壁板が弱くなってますね」

ほかの釘も次々に引き抜き、支えの木も外す。棚のなくなった壁は、がらんと木目だけを見せていた。

禎次郎は壁板を叩きながら、唸る。

「ここにまた吊しても、ぐらつきそうだな。壁に新しく板を張って、そこに棚を吊しましょう」

「ほう、では寸法を測らねばならんな」

栄之助は楽しそうに鯨尺《くじらじゃく》を持ってくる。

「まあ、ではわたくしが書き留めます」

五月が紙と筆を持つ。

禎次郎は目の端で滝乃を見た。皆でわいわいと集まる場から一歩引いて、毅然と立っている。口元が歪みはじめたように見えて、禎次郎はあわてて笑顔で振り返った。

「今度は棚を少し低くしましょう。そうすれば手が届きやすくなりますよ。それにもっと大きく作ることにしましょう」

「あら」五月も母を見る。「そうなれば、使いやすくなります。大きくなれば野菜を置くのにも便利になりますものね」

こほんと滝乃が咳をする。

栄之助はにこやかに妻を見た。

「そなたの使いやすいようにしてやろう。わたしもいっしょに作るからな」

ま、と滝乃は微かに微笑む。

「しかし、そうなると」禎次郎は腕を組む。「材木が必要ですね。板と棒がいる」

「ああ、では、昼餉のあとに買いに行こう」

栄之助も腕を組んで頷いた。

婿同士が二人で町へと出た。

「神田に行きましょう」禎次郎が方向を示す。「手習い所でよく机を作ったので、安い店を知ってますから」

「ほう、教えるだけでなく、机まで作ったのか」

「ええ、町方の謝礼は金子《きんす》でなく物で来ることも多いので、やりくりは大変で。机は全部、手作りでやってました」

禎次郎は笑う。

二人は日本橋のにぎやかな道へと足を踏み入れた。さまざまな店がならび、色とりどりの物が溢れている。

栄之助はふと菓子屋の前で足を止めた。中を覗き込んで、つぶやく。

「帰りに羊羹《ようかん》を買っていってやろう」

禎次郎も首を伸ばす。

「母上は羊羹がお好きなんですか」

「ああ、いや」栄之助は苦笑とともに歩き出す。「本当は茶饅頭が好きなんだ。だが、安いものを買っていくと臍《へそ》を曲げるのだ。軽《かろ》んじている、といってな。あれはどうもひがみっぽくていかん」

禎次郎は苦笑いをしつつも、頷いた。

「しかし、わたしも父からいわれました。金の多寡《たか》には気持ちが表れるゆえ、付け届けなどをするときには、決して安物を選んではいかん。いかにも金を惜しんだとわかれば、受け取ったほうは逆に腹を立てるだけだ、と」

「ふむ、それは確かに道理」栄之助も頷く。「滝乃などは、それがすぐにわかる。犬が匂いを嗅ぎ分けるように、滝乃は少しでも金を惜しむとすぐにそれを見抜くのだ。

たちまち不機嫌になるからかなわん」

栄之助は首を振って、苦笑を深めた。

日本橋を抜けて、神田に入ると、町の様相が変わる。職人の多い神田には男の姿が多く、行き交う者は皆、威勢がいい。

「ここです」

禎次郎が案内して、材木屋に入る。板を三枚と棒を数本買うと、それぞれに抱えて、店を出た。

歩き出すと、すぐに栄之助が息を荒くした。

「重いな」

「あ、おれが持ちます」

禎次郎が差し出す手に「いや」と首を振って、栄之助は棒を抱え直す。

少し歩くと、ふとその足を止めた。縄のれんが揺れている。

「そなた、縄のれんに入ったことがあるか」

振り向く栄之助に禎次郎が頷く。

「はい、最近、ずいぶんと増えてきましたね。店によって違いますが、肴がうまいところもありますよ。酒も下《くだ》り物や地物といろいろですし」

「そうか、わたしは入ったことがないのだ」栄之助の顔が輝く。「少し、休んでいこうではないか」

そういいながら、すでに頭は縄のれんを揺らしていた。禎次郎もあわててそのあとに続く。

店の中では、板間のあちらこちらで、男達が輪になっていた。飯を食う者もいれば、酒を飲んでいる者もいる。魚や煮物の匂いに酒の香りが混じって、漂っている。

禎次郎は座敷の隅に空きを見つけると、そこに上がり込んだ。ちょうど板を立てかける隙もある。

栄之助はきょろきょろと見渡しながら、たすき掛けの男に声をかけた。

「親爺、酒をくれ」

禎次郎は昼酒にうしろめたさを感じつつも、まあいいか、と言葉をつなげた。

「親爺、肴は青菜あたりを適当に見つくろってくれ」

へい、という返事に、栄之助は眼を細める。

「いいではないか、こういうのも」

運ばれてきた銚子を傾けながら、婿の父と婿の息子が酒を酌《く》み交《か》わす。

「こうして二人で飲むのは初めてだな。この青菜、うまいぞ」

「ええ、そうですね。思わぬ機会に恵まれましたね。こっちの大根もいけますよ」

とりとめもない話をしながら、二本目の銚子を頼む。

栄之助は赤味の差した顔を上げて、禎次郎を見た。

「ところでどうだ、五月とは。うまくいっているか」

「あ、はあ」

「あれはどうも滝乃に似たところがあって、いまひとつ、素直でないからな。とっつきにくいのではないかと心配でな」

はあ、と禎次郎は否定できないまま、曖昧に笑う。まあしかし、と胸の内でつぶやいた。あんなふうに我《が》を通す母に育てられれば、誰だっていじけずにいられまいよ。それに……。

「意に沿わない相手であれば、なじむのに時がかかるのはしかたないと思ってます」

栄之助の首が傾く。

「意に沿わない相手、とは誰のことだ」

「はぁ、おれです。最初の縁談が断られたために、おれにまわってきたというのは聞いてました。最近になって、最初の相手がおれの幼なじみだということも知ったんです。あの重三郎は見た目もなかなかですし、五月はがっかりしたでしょう」

栄之助がぽかんと口を開けた。と、その口から笑いが洩れた。

「こりゃ、なんとしたことか。勘違いも甚《はなは》だしい。そもそも、縁談はあれが初めてではない」

「えっ」

「それ以前にもいくどかあったのだ。だが、滝乃も五月も、なんのかんのと難癖をつけてな、いや、正直、先方から断られたこともあった。まあ、そんなだったから重三郎殿のときも断るつもりでおったのだ」

「ええっ」

驚く禎次郎の顔に、栄之助はぐいと首を伸ばす。

「重三郎殿から断りが入ったので、こちらとしては相手の顔を潰さずにすんだと、気が楽だった。が、そのときにいい人がいるといわれてな、岡場所にも行かない真面目なお人だと聞いて、五月が乗り気になったのだ」

「そう、だったんですか」

「そうよ。で、そのお人は手習い所で教えてると聞いて、わたしは五月にせがまれて、いっしょに覗きに行ったのだ」

禎次郎は身をそらす。

「ああ。親爺、酒をもう一本くれ」栄之助は銚子を振る。「そうしたらな、そなたが子供らに教えておった。そっと覗いていると、禎次郎先生は、子供がいたずらしても、走りまわっても、怒鳴ったりせずに静かに叱っていた」

禎次郎はその頃のことを思い起こす。子供は何度いってもどうせ聞かない。まあいいか、と適当にあしらっていたのだ。

「あー、それは……」

「五月はじっと見ておった。目がやさしい、とつぶやいてな。背が高いのも気に入ったのではないかな。わたしがそれほど大きくないしな」

禎次郎はうつむいた。己は迷いもなく話に飛びつき、相手を確かめようとすらしなかったことを噛みしめる。会ったのは婚礼の日が最初だったのだ。が、それは禎次郎にとってのことだった。見られていたとは初耳だ。

「それでな」栄之助は新しい銚子を差し出す。「わたしと五月で滝乃を説得したのだ。温厚な人柄で子にも穏やか、婿には申し分ない、とな。それから三人でまた見に行った。五月など、やさしげでしょう、と滝乃に何度もいっていた。ま、それほど気に入ったのなら、と話が決まったのだ」

「おれを、ですか」

はぁぁ、と禎次郎から大きな溜息がこぼれ落ちる。

「そうでしたか。そうとはつゆ知らず……」

がっくりと落とした肩を父がぽんぽんと叩く。

「まあ、飲め」

「はあ」

禎次郎の心に、妻のさまざまな言葉や態度が浮かぶ。

なんとも迂闊《うかつ》だった……。そう、身をすくめながら、禎次郎は酒を流し込んだ。


「まあ、なんです、お二人して」

赤い顔で戻った婿二人に、滝乃が眉を吊り上げた。

「あ、羊羹、忘れた」

栄之助がつぶやく。

「どうも、あいすみませんです」

禎次郎が深々と頭を下げる。

「まあ、まあ、まあ……」滝乃が拳を握る。「板を買いに行くといって出たきり、いつまでも戻らず、戻ってみれば、酔うておるとは、なんとしたこと」

「はい」栄之助が板を手に持つ。「板は至ってここにあり、と、どうだ、これは」

「まあぁ、またつまらないことを」

「はいはい、つまらぬことは忘れるに限る、とな」

「おまえ様っ」

滝乃の声が炸裂《さくれつ》する。

禎次郎は肩をすくめて、出てきた妻を見た。

五月は溜息を吐いて、よろめく夫に手を差し出した。

三

上野の山を、禎次郎は腕を振って歩く。

「旦那、今日は御機嫌ですね」

勘介がにんまりとした禎次郎の顔を見て、笑顔になる。

「そうか」

笑みを隠そうともせずに、禎次郎は空を仰ぐ。

昨日は結局、棚を直さなかった。そのせいで今朝も滝乃から嫌味をいわれたが、父と二人で笑ってごまかした。小言《こごと》を受け流せる力が、腹に湧くのを感じていた。

昨日、栄之助から聞いた話が、禎次郎の元気を作っている。五月が禎次郎を見て気に入ったという話だ。己が適当に決めたせいで、相手も妥協したのだと思い込んでいた。そうではなく、ちゃんと選ばれたのだとしたら、誇らしい。

禎次郎は桜茶屋に足を向けて、供の三人に笑顔を向けた。

「甘酒をおごるぞ。たまには茶屋にも儲けさせてやらないとな」

「へ、いいんですかい」

そういいながら、勘介は走り出す。

「先に行きやす」

岩吉も後《おく》れをとるまいと後を追う。

茶屋の前に立つお花を目指して、二人は抜きつ抜かれつ、突進して行く。

「若いってえのは」雪蔵が笑った。「いいんだか悪いんだか……」

二人は同時に、滑り込んで行った。

雪蔵が東を廻り、岩吉が奥を廻ることにして、それぞれ離れて行った。勘介と二人、ゆっくりと通天橋をくぐって根本中堂に向かう。

歩いていると、横から大きな身体が現れた。流雲だ。うしろに春童もいる。

「ここにいたか、清次郎《せいじろう》」

「禎次郎です」

「そうだったか。いや、それよりも、仁右衛門達を見てないか」

「は……またいなくなったんですか」

「ああ、今度は三人ともだ。昨日から戻らず、今朝になっても帰らないそうだ。実はな……」

流雲が銅鑼声を抑えて、禎次郎に顔を近づける。

「一昨日《おととい》の夜、わしは気になって桃源院に顔を出したのよ。そら、仁右衛門が帰って来ないと、長兵衛らが心配しておったであろう。したら、仁右衛門が帰っておった。板橋宿に行っていたということでな、話を聞いたのだ。聞いたら……娘のおみつは板橋で亡《の》うなっておったそうだ」

絶句する禎次郎に、流雲が頷く。

「ずいぶんと気落ちしておった。だから、昨夜もまた行ってみた。そのときにはもう三人がいなくてな、一炊と話したんだが、どうも、昨日、一炊のやつが、ちと面倒なことをしたらしい」

流雲が鼻にしわを寄せて勘介を見ると、さらに小声になった。

「ここではいえんがな」

禎次郎は勘介を振り返った。

「おれはちょっと谷中に行ってくる。あとを頼んだぞ」

「へい、合点です」

頷く勘介に背を向けると、禎次郎は地面を蹴った。流雲もいっしょになって、小走りで谷中への道を進む。春童も必死になってついて来る。

「なんです、面倒なことというのは」

早足で進みながら、禎次郎が流雲を見上げる。

「それがだな、三人に頼まれて書状を書いたというんだ」

「書状……」

「ああ。そなた、仁右衛門になにか書き付けを渡さなかったか」

あ、と禎次郎は思い出す。

「ええ、崎山藩のことを調べて、名前などを少し……」

足が自然に速まる。

桃源院の山門に、二人と小さなもう一人が飛び込んだ。

「なんじゃ、息を切らして」

一炊が、上がり込んだ三人をしかたなさそうに座敷に通す。

禎次郎はこれまで三人がいた部屋を覗くが、その姿はない。

「仁右衛門さん達はどこへ行ったんですか」

「さあ、わしゃ知らん。昨日、夕方のお勤めで本堂に籠《こ》もっておるあいだにいなくなりおった」

「荷物もないんですか」

「なにもないな。侍に襲われてから、ここでも落ち着かんようだったしのう」

一炊はゆっくりと胡座をかく。

「そうですか」

禎次郎はその一炊に膝で進み寄った。

「頼まれて書状を書いたそうですが、どういう内容ですか」

「直訴状じゃ」

平然と一炊がいう。

禎次郎はその場で動きを失い、呆然と固まった。

一炊はにっと笑う。

「山同心、そなた、あの者らの国の悪者を調べてやったそうじゃな。その名を入れて直訴状を書き直したいというから、書いてやった。名は平仮名じゃったったがな、まあ、わかればよかろう」

禎次郎は一気にしなびて肩を落とす。

「そういうつもりで渡したわけじゃあないんです」

「どういうつもりだ」

流雲がどっかと胡座をかいて、横に座る。

禎次郎は身を立て直すと、息を整えた。

「領主や家老相手ではどうしようもないが、悪い中玉がわかったんです。江戸藩邸の勘定方組頭で、これが国の金を私《わたくし》しているらしく、以前にも追及されそうになり、そのときには相手を抹殺したらしくて……三人に侍を差し向けたのも、その男に間違いないと思われます」

「ほう、そいつは悪いな」

「ええ、だから、領主や家老の名とともにその組頭の名を教えたんです。国に戻って、皆と相談できるようにと考えて」

「うむうむ」一炊が胸を張る。「勘定方組頭は漢字で記して、さだじょうのすけ、という名を書いたぞ」

はぁ、と溜息を吐く禎次郎を見ながら、流雲が腕を組んだ。

「一炊、おまえはとめなかったのか」

「なにをじゃ」

「直訴に決まっておろうよ」

ふん、と一炊は口を曲げる。

「おまえ、しょせんは寛永寺の御用坊主だのう。公儀にたてつく者は許せん、というわけか」

「いや、そうではない」

「そんなら、お山でことを起こされるのがまずい、ということじゃろう。それは山同心も同じじゃな」

「いや」

禎次郎と流雲の声が揃う。

さらに膝行《しっこう》して、禎次郎が一炊に顔を近づける。

「確かにお役目上、とめようと考えたのは事実。しかし、それだけじゃない。これまで直訴をした多くの者が、死罪になっているんです。それがわかっていながら、みすみすやらせるわけにはいかないじゃないですか」

「なぜじゃ」

「なぜって……だって、殺されるんですよ。死罪、磔《はりつけ》、獄門《ごくもん》、ですよ」

「それのなにが悪い」

一炊が顎を上げる。

禎次郎は口を開けたまま静止する。

隣の流雲も動きをとめて目を据えた。

木彫仏のような身体を反らして、一炊は口を開く。

「人は必ず死ぬんじゃ。死への怖れを持たぬなぞあっぱれではないか。それこそお釈迦様の教えのひとつよ」

「人は……そんなに簡単に悟れません」禎次郎は拳を握る。「仁右衛門さんは、娘のおみつさんが亡くなったとわかって、自棄《やけ》になったに違いないんだ」

「ふむ、自棄とは限らん。人を己と同じと思うてはいかんぞ」一炊は禎次郎を見つめ返す。「仁右衛門は娘の死を知って、ますます悪政が許せなくなったといっておった。もう誰もこんな目に遭わないようにしたい、とな」

「ですが命まで……」

「そのために」流雲が唸る。「己の命を捨てるというか」

そう顔をしかめる禎次郎を、一炊が見据える。

「己《おの》が命だからじゃ。よいか、人は生まれを選ぶことはできん。いつどこで、どの親から生まれるか、そんなものに注文をつけることはかなわん。じゃがな、そのあと、どう生きてどこで死ぬかは、選ぶことができるんじゃ」

「だが、天命というのもあるぞ」

流雲が口を尖らせる。

「それはあるな」一炊が頷く。「いつ死ぬか、というのは寿命で決められておるともいうな。不意に、思わぬところで死ぬことも確かにあろう。じゃが、どこでどういうふうに死ぬか。それは、けっこう選べるもんじゃ。どう生きたか、という果てにあるものじゃてな」

流雲の陰から、小さな春童が首を伸ばす。

「誰にでも、選べるんですか」

「おお、そうよ。よほど縛りつけられてない限りはな。じゃが、多くの者は、選ぼうとはせん。なにかのせいにして、逃げるんじゃ。そのほうが楽だからな」

禎次郎は喉を閉じた。三男坊であることをいいわけにして、いろいろなことを適当に生きてきた己を、見透かされたような気がした。

一炊は懐から数珠《じゅず》を取り出して、握りしめる。

「国の民百姓のために命を捨てようという志は尊いものよ。それをとめるのが、本当に正しきことか、これ、山同心、そなたは自信を持って正しいといえるのか」

禎次郎は拳を握る。

「おれなら、生きてほかの道を考えます」

春童が進み出る。

「ぼくもです。死んじゃえば全部、終わりでしょ。そっから先に、進めなくなっちゃうじゃないですか」

流雲の大きな手が、小さな坊主頭をゆすった。

「ふん、おまえは賢いな。そうだ、死んでしまえばそれまでよ」

広い肩に乗った首を、流雲は上に向ける。

「だが、まあ、命の終わらせ方ってえのは難しいもんだ。怖いし、あきらめきれないし、そう簡単に腹は括れない。だからこそ、仏の教えが語り継がれているんだろうよ。それを学んだ坊主でさえも、じたばたするくらいだからな」

一炊は首を曲げて、ふっと笑う。

「まあ、わしとてなにも己だけが正しいというつもりはないわ。人にはそれぞれの考えがあるからの。じゃが、人の意思を否定はせん。それだけじゃ」

禎次郎もつられたように、首を曲げ、天井を見上げる。その胸中で、高井戸宿での仁右衛門の姿が、思い起こされていた。宿の男につかみかかったあの激しさは、意外なものだった。石のように、堪えつづけているように見える姿の底には、激しい怒りが秘められているに違いない。

禎次郎が顔を巡らせる。

「明日、か」

流雲が頷く。

「五月八日。家綱公の御命日だな」

山を廻りながら、禎次郎は考えを巡らせつづけていた。

片倉殿に知らせるべきか……いや、いえば大騒ぎになるに違いない。では……いっそ、隠密廻りの七之助殿に打ち明けるか……。いや、それもきっと大ごとになるだろう。どちらにしても、見つかったら、捕まって取り調べられることになる。直訴状を持っているのだから、いいのがれはできまい。なにもしないで罰を受けることになったら……馬鹿馬鹿しすぎるじゃないか……。

禎次郎は桜が岡の崖に立った。

北から南へ、江戸の町が拡がり、小さな町の屋根がどこまでも連なる。

どこに行ったんだ……町を見渡しながら、禎次郎は唇を嚙む。

空はすでに黄昏《たそがれ》の気配を漂わせている。

うしろを振り返ると、禎次郎は清水堂の階段へと向かった。上れば、そこはさらに見晴らしのいい舞台だ。

禎次郎は手すりに手をかけて身を乗り出す。

ぐるりと江戸の町が、眼下に収まる。

どこへ行った……つぶやきが、口の中で繰り返された。

四

朝、浅い眠りが覚めて、禎次郎は身支度を調えた。

水を飲もうと台所へ行くと、竈の前の五月が振りかえって夫を見上げた。

「まあ、お早いこと。なれど、まだご飯が炊けてないのですよ」

「いや、飯はいい」

水瓶《みずがめ》に柄杓《ひしゃく》を入れて水をすくうと、禎次郎は喉を鳴らす。

「もう、お出かけになるのですか」

「ああ、今日は四代将軍様の御命日だからな、いろいろと大変なんだ」

まあ、といって五月は鍋の蓋を開けた。

「では、お味噌汁だけでも上がっていってくださいな、身体が温まりますから」

汁椀を差し出されて、禎次郎は板間に腰を下ろす。豆腐とわかめの味噌汁を口に流し込むと、温かさが胃の腑に落ちていくのが感じられた。

五月は慌ただしく身体を動かしている。

「さ、こちらも」

置かれた大きめの椀には、固まったご飯と味噌汁が入っている。

「昨日のご飯ですけど、そうして食べると、捨てたものではないのです」

きまりが悪そうに微笑む五月に、禎次郎はにこりと笑った。

「ああ、おれは好きだぞ。実家にいた頃は、夜に腹が減るとこっそりと台所に入ってな、よく食べたものだ」

「ま、そうですか。わたくしも昼、これですませてしまうことがあるのです」

ほっとしたように五月が笑みをふくらませる。

禎次郎は味噌汁を吸ったご飯粒をかき込むと、ふうと息を吐いた。

「いや、本当だ、身体が温まる」

その背中に声が上がった。

「まあ、婿殿、なにを召し上がっておいでですか」

「あ、これは母上」

禎次郎はあわてて残りを流し込む。

滝乃は娘を見て、肩をいからせた。

「五月、たとえ頼りない婿殿であっても、あなたにとっては旦那様なのですよ。仮にも夫たる身にこのような物を出すとは、妻としての心得がたりませぬ」

仮かよ……禎次郎は苦笑しながら立ち上がる。

「いえ、母上、早くに出かけるといったら、五月が気を利かせてくれたのです。おかげで腹もふくらみました」

ま、と胸を反らせる母に、ぺこりと頭を下げる。

「では、行って参ります」

禎次郎は振り向くと、五月に笑みを投げた。

「行ってらっしゃいませ、旦那様」

五月の声が、背中を撫でた。


禎次郎は目を忙しく動かしながら、山を歩きつづけていた。

堂宇の陰に人影はないか、木立の中に潜んでいる者はないか、不穏な気配は、と目を皿のようにする。

山道を登っていると、片倉が前からやって来た。

「公方様は羊《ひつじ》の刻《こく》（午後二時）頃にお見えになられるそうだ。先ほど、御先手組のお方から聞いた」

「そうですか」

「すでに隠密廻りや臨時廻りの人らも入っておられる。我らも負けぬように気合いを入れねばな」

「はい。では、のちほど黒門で」

禎次郎は会釈をして、早足で坂を上る。今日は供らもそれぞれに見廻っている。将軍様御参拝の行列を見物しようと、物見客達も大勢押しかけているためだ。

禎次郎は行き交う人々を見つめる。仁右衛門らの姿は、まだどこにもない。

思いとどまってくれ……そう、心で念じる。いくども繰り返し、すでに祈りのようになっていた。

その反面、禎次郎は二つ並んだ担い堂の陰を覗き見る。将軍の一行が通天橋をくぐることはわかっている。並んだ二つの堂のどちらかに隠れれば、行列を逃すことはない。飛び出すことを考えるとしたら、ああいうところに身を潜めるだろう……そう仁右衛門らの気持ちを推し量る。が、すぐにいや、と首を振る。ここでは人が多すぎる。御本坊の近くで待つかもしれない。だが、そうすると身を隠す場所がないか……。

とりとめなく考えを巡らせながら、禎次郎は歩きつづける。

根本中堂の前まで来て、禎次郎はその足を止めた。左側の谷中方面から、見慣れた細い姿がやってくる。

「一炊和尚」

禎次郎が近寄って行くと、一炊は顔を歪めた。

「山同心か。ふん、どうにも気になってな、じっとしておれん。こんなに気を乱すとは、まだまだ修行が足りんわい」

一炊は憮然として、去って行く。

禎次郎はその背中を見送り、やはり口を歪めたまま歩き出した。壮大な大伽藍をまわって、禎次郎はまた参道へと向かう。と、その途中で「おい」という銅鑼声に呼び止められた。流雲が立っていた。

「どうだ、見つかったか」

抑えた銅鑼声の問いに、禎次郎は首を振る。

「いえ、ずっと気をつけて見廻ってるんですが、見当たりません」

「ふうむ、やる気かのう」

「どうでしょうか」

禎次郎の溜息に、流雲も大きな息を吐く。

「まあ、おれも探してみよう」

「はい、なんとしてもとめたいと思ってますんで」

禎次郎は木々の奥を見つめた。


広小路に行列が入ってきた。

黒門に禎次郎らが並んで、待機する。

乗り物から下りた将軍家治が、ゆったりと歩き出した。三橋の中央の御橋を渡る。

近づいて来た行列に目を止めて、禎次郎はあっと声を上げた。将軍のうしろに付いている大勢の中に、田沼意次の姿がある。

「旦那」

雪蔵がうしろから袖を引いた。すでに皆が跪《ひざまず》いている。禎次郎もあわてて膝をつくと、頭を深く垂れた。

地面を進む足音を聞きながら、禎次郎はそうだ、とつぶやいていた。実家の母に聞いた話が耳に甦ったのだ。

そうだ、確か、佐倉惣五郎の直訴状は重臣の保科正之が受け取り、善処した……そういう話だったじゃないか。ならば、田沼様にお渡しするというのはどうだ……。

先頭の将軍が通り過ぎ、周囲が立ち上がりはじめる。禎次郎も勢いよく立つと、すぐに左側に付いて歩き出した。

警護の御先手組の武士や寺侍らが守っているため、そのさらに外側を歩く。

遠巻きに眺める人々の中には、臨時廻りの同心の姿もある。人々に紛れて、隠密廻りの七之助がいるのも見てとれた。町人姿で埋もれている。

禎次郎は目を隙なく動かして、辺りを見まわしながら歩く。少しずつ、足を速め、できるだけ将軍のうしろに近づいて行く。白髪混じりの鬢ながら、力強い田沼の背中も見える。

吉祥閣の横を抜けて、行列は歩みが緩やかになった。先頭が左側へと、向きを変える。その先にあるのは、東照宮へと続く参道と入り口だ。

禎次郎は東照宮を囲む長い塀を見渡しながら、そうか、と納得する。そうか、先に家康公の神前に御参拝をなさるのだな……。

東照宮には、限られた高位の者しか入ることはできない。禎次郎はほっとして、立ち止まった。

が、その瞬間、足音が鳴った。

塀の陰から、男が飛び出したのだ。

「上様っ」

仁右衛門だった。

「お願いでごぜえやす」

手にした竹の先に、直訴状が挟まれている。

背後の木立に長兵衛と大作の姿もある。

行列がたちまちにばらけた。

武士らが将軍を取り囲む。

そこに仁右衛門が走る。

禎次郎も走った。

警護の武士らも走る。

膝をついた仁右衛門が、竹の棒を掲げる。

「将軍様、上訴でごぜぇやす」

仁右衛門が叫ぶ。

背の高い武士らに囲まれ、将軍の姿は見えない。

「お聞き届けくだせえ。お願いでごぜぇやす」

声が裂ける。

禎次郎はその身体に飛びついた。

竹を持つ仁右衛門の腕を押さえる。

「無礼、不届き」

そういいつつ、その腕をぐいと持ち上げた。

禎次郎は佇む田沼を見上げた。

「大事ございませんか、田沼様」

そう大声で叫ぶ。

田沼は目を瞠って、禎次郎を見た。

禎次郎は竹の先を田沼に向ける。

「かような不届き、申し訳もございません」

禎次郎の目が田沼を見上げる。

双方の目が、宙でぶつかる。

田沼の目が頷いた。

「大事はない」

そういって、三歩、田沼が進み出る。と、その手を伸ばし、直訴状を竹から引き抜いた。

同時に、怒声が上がる。

「こやつ」

「召し捕れ」

仁右衛門の身体が引っ張られる。片倉や他の武士達が襟首《えりくび》を引き、腕をつかむ。仁右衛門の身体は見る間に地面に転がされ、抑え込まれた。

禎次郎が見上げるなか、田沼は訴状を懐にしまい込む。

目で頷くと、ついと下がった。

ありがとうございます。そう口を微かに動かし、禎次郎は手をついた。

「旦那」

うしろからしゃがれ声がもれた。

縛られた仁右衛門がこちらを見ている。

「すまねえ」

引き立てられながら、そう口を動かす。

禎次郎ははっとして、うしろの木立を見た。長兵衛と大作が飛び出さんばかりに身を乗り出している。

「逃げろ」

禎次郎はそう言葉がわかるように口を動かした。

逃げろ、そう手でも合図を送る。

二人の足元に、小さな影が走り寄った。春童だ。

二人の裾を引くと、春童は禎次郎に頷く。

木立の奥へと、二人は引っ張られて行った。

「者ども、なにをしておった」

行列から叱責《しっせき》が上がる。

御先手組の組頭らしき男が、顔を赤くして、部下らを叱っている。同心達も集まって、将軍の立つ方向に頭を下げた。禎次郎も深々と腰を曲げる。

「申し訳ございませぬ」

皆の声が揃う。

「よい」田沼の声があいだに入った。「大事はなかったのだ。警護を続けよ」

「はっ」

再び声が揃う。

行列はまた整然と、戻っていく。

将軍の姿は見えないままに、歩き出すのだけがわかった。

足音が遠ざかると、ざわめきが起きた。

「自身番に引っ立てい」

片倉の声が高らかに響く。

片倉の供らが誇らしげに縄の先を持った。縛られた仁右衛門は、突き飛ばされながら、引かれて行く。

禎次郎は折れそうになる膝に力を込めて、それを見送った。

第六章　転じて春

一

朝の台所に、禎次郎はそっと入った。

味噌汁や煮物、そして炊きあがったご飯の香りが立ちこめている。が、五月の姿はない。

土間に下りると、禎次郎は竈の火が消えているのを確かめて、上に乗っている釜の蓋をずらした。熱い湯気が、たちまちに立ち上る。

しゃもじを差し入れると、禎次郎は白いご飯をすくい上げて、手に取った。

「あちっ……」

掌《てのひら》で飯粒を片手に移す。

「あぢぢ……」

それを両手で繰り返しながら、禎次郎は足踏みをする。

「まあ、なにをしているのですか」

五月の声が上がった。葱《ねぎ》の入ったざるを抱えて、裏口からあわてて入って来る。

「火傷《やけど》をします、さ、ここに」

皿を取ると、禎次郎の手の前に差し出す。飯粒は掌につき、なかなかとれない。五月は指で丁寧にはがしながら、上目で夫を見上げた。

「なにをなさろうとしたのです。お腹が空いて我慢ができなかったのですか」

「あ、いや、そうではなくて……」

禎次郎は口をもごもごとさせた。いうべきか……、と迷う。

上野の山で捕らえられ、自身番に連れて行かれた仁右衛門は、そのまま留め置かれた。禎次郎も非番どころではなくなり、自身番の番屋に出向いたり、奉行所に呼び出されたりと、慌ただしかった。

仁右衛門は二晩、番屋に置かれ、昨日、牢屋敷預かりが決まった。夕刻、小伝馬町の牢に送られたと、禎次郎は聞かされたのだ。

「握り飯を作ろうと思ってな」

禎次郎の言葉に、五月は怪訝《けげん》そうな顔をする。が、手桶に水を入れると、そこに手を入れて、湯気の立つご飯を手に取った。

「ご飯粒は手につきますから、こうして手を濡らしながら握るのです。熱さもやわらぎましょう」

五月は器用に両手を動かして、ご飯をまとめていく。

「あ、待ってくれ」

固まっていく飯に、禎次郎が手を伸ばす。

「中にこれを入れたいんだ」

袂から一朱金を二枚出すと、握り飯に指を入れて、その中に押し込んだ。

「まぁ」

五月が目を丸くする。埋まった金色の板を覗き込みながら、その目を夫に向ける。

「なんですか、これは」

ああ……と、禎次郎は逡巡の挙《あ》げ句《く》に、ぼそりと口を開いた。

「実はな、牢屋敷に預けられた者がいてな……」

仁右衛門のいきさつを、最初からかいつまんで話す。

黙って聞いていた五月の表情が、じょじょにほぐれていった。

禎次郎は少し頭を下げると、妻を覗うように見た。

「……というわけなのでな、仁右衛門さんに金子《きんす》を届け入れたいんだ。以前、牢廻りの友から聞いたんだが、牢の中でも金があれば、牢役人に頼んでいろいろな物を買うことができるらしい。だが、仁右衛門さんは村から預かった金しか持ってないからな、それを使うはずはない。今頃、手拭いもなくて難儀をしているはずだ。だから、この握り飯に忍ばせて渡そう、と考えたわけだ」

「まあ、なれど、調べられて見つかったらどうするのです」

「いや、それは心配いらん。届け物は一応、調べられ、握り飯も一個は割って中を見るそうだが、金子が忍ばせてあっても、見て見ぬ振りをするってえ話だ。なにしろ、頼みごとをするときには牢役人に礼を出すわけだから、まわりまわって役人の小遣いになる、という案配だな」

「まあ、そのようなことがまかり通っているのですか」

あきれたように五月が目を瞠る。

苦笑しながら禎次郎は、牢廻りの友新吾がいった言葉を思い出す。……牢の中は道理も情けも通じないからな、ものをいうのはお宝だけ、というわけだ。

「うむ」禎次郎が妻に頷く。「身ひとつで入るところだからな、まかり通るのは金だけ、ということになるらしい」

　五月は手に載せたままの握り飯を見つめると、ぎゅっと力を込めた。

「わかりました」

　両の手をきゅっきゅっと握ると、みるみる握り飯ができあがっていく。

「あ、ごまをつけてくれ。白い飯はいかんそうだ」

「まあ、なぜです」

「牢でも白い飯を出すから、同じ物を届け入れるのは無礼ということらしい。折り詰めなら菜飯《なめし》、握り飯ならごまを振るのが決まりだそうだ」

　では、と五月はごまをかける。ひとつを握り終えると、手を濡らし、二つ目の握り飯を作りはじめた。禎次郎は釜を覗き込みながら、頭を下げる。

「すまんな、大事な飯なのに」

「いいえ」五月が頭を振る。「もともとお米はお百姓が作った物です。それを年貢で集め、こうして幕臣に下される。作ったお人が米を食べられずに、粟《あわ》や稗《ひえ》を食べているということくらい、わたくしとて知っております」

　その毅然とした横顔を、禎次郎は意外な思いで見つめる。五月はさらに三つ目の握り飯を作り出した。

「あ、いや、そんなにはいらない」

止めようとする禎次郎に、五月が首を振る。

「牢にはほかのお人もおられるのでしょう。もしもとられたら、その仁右衛門さんは口にすることもできなくなるではありませんか。余分に作ります」

「だが、町人の入る大牢は人が多いらしいが、百姓は別の百姓牢に入るそうだ。そう大人数ではあるまい」

「まあ、お百姓だけの牢ならますます気の毒です。なれば、皆さんで食べられるように、小さくたくさん作りましょう」

五月はすでに握ったものから少しとり、たちまちに八つの握り飯を作った。隅には、大根の糠《ぬか》漬《づ》けも添える。経木《きょうぎ》で包みながら、五月は笑みを見せた。

「さ、これでよろしゅうございましょう」

「すまんな、飯が足りなくなってしまっただろう。おれは昨日の残りでいいぞ」

「お気になさいますな、わたくしがそういたしますから」

「いや、それでは申し訳ないから、おれが冷や飯を食う」

禎次郎がお櫃《ひつ》を開ける。

「まあ、よいのです、旦那様は炊きたてを召し上がれ」

「いや、それではそなたが……」禎次郎は眉を寄せ、一瞬の後、それを開いた。「そうだ、では、二人でこっそりと味噌汁飯を食うか」

その言葉に、五月が目を輝かせる。

「まあ、それなら……」

五月はいそいそと冷や飯に味噌汁をかける。

「さ、母上に見つからないうちに」

板間の縁に腰をかけると、二人は急いで食べはじめる。

五月はふふ、と笑いながら、箸を動かす。

「なんだ」禎次郎はその顔を覗き込んだ。「なにがおかしい」

五月は笑みのまま、夫を見上げた。

「なんだか、おかしくて……こんなふうに二人で並んで食べるなど、初めてのことではないですか」

「そうか……だが、ぶっかけ飯だぞ」

「それはどうでも……なんとなくおもしろうございます」

目元が笑っている。初めて見るような表情だ。

「おかしなやつだな」

禎次郎は戸惑いながら、苦笑した。五月が首をかしげる。

「そうですね、旦那様の手助けをできたことがうれしいのかもしれません。それに……」五月は上を向く。「他人様《ひとさま》のお役に立てると思うと、うれしく感じます」

照れたように微笑んで、小さく肩をすくめる。

禎次郎は、それを横目で見ながら驚きを呑み込む。五月がこんなふうに気持ちを口するのは珍しい。

「そうか……」

戸惑いつつも禎次郎は、五月の言葉が己の心にも通じる気がして頷いた。

「そうだな」

ええ、と五月が夫を見る。と、

「まあ、なにをしておいでか」

背後から、切り裂くような母の声が上がった。

五月は握り飯の包みをざるの陰に隠し、立ち上がった。禎次郎はその前に出るように立つと、腰を曲げた。

「これは、お早うございます、母上。今日は急いで出るので、今、朝餉をすませていたところです」

「一度ならず二度までもこのようなところですませるとは、奉公人ではあるまいし、武家としての誇りをなんと心得ているのです」

「はっ、ごもっともです」

禎次郎が腰を折ると、滝乃は胸を反らした。

「そもそも婿殿、そのように呑気にしている場合なのですか。十手をお預かりした身でありながら、お山での直訴を防ぐことができなかったのでしょう。お役御免を被《こうむ》ることになるのではないのですかっ」

禎次郎の喉がぐっと詰まる。直訴の件は、たちまち江戸の町に広まり、知らぬ者はいない。

「まだ、お沙汰は出ておりませんので、どうなるかは……」

「失態で罷《ひ》免《めん》などということになれば、巻田家はじまって以来の恥。わたくしは御先祖様に顔向けできません。そもそもふだんの心構えが足りぬゆえ……」

高まってくる滝乃の声を遮るように、五月が進み出る。と、禎次郎の腕を押した。

「まあ、旦那様、おでかけの支度をしませんと、遅くなります」

さっ、と押されて、禎次郎は板間に上がる。五月もそれに従うと、母に頭を下げた。

「お話はまた。旦那様は出仕いたしませんと」

ま、と口を曲げて滝乃は、そそくさと去る二人を見送る。

「かたじけない」

禎次郎は小声でそう妻に伝えた。

二

上野へと続く神田の道を歩きながら、禎次郎は振り返った。

五月は本当に大丈夫だろうか、と気にかかる。

家を出るときに、握り飯を持って来てくれ、というと妻は首を振った。

「そのお姿で届け物をなさったら、差し障りがございましょう。ましてや、旦那様が関わった直訴の当人が相手……上からなにをいわれることか」

なるほど、と気づく。

「いや、考えてなかった」

「ま、旦那様はそういうところが確かに迂闊……」五月はしかし、苦笑を浮かべていた。「その仁右衛門さんへの心配でお心がいっぱいだったのですね。御安心なさいませ。わたくしがあとで届けておきます」

「そなたが……いや、しかし……供に付く中間《ちゅうげん》もおらぬのに……」

「あら、ここから小伝馬町などすぐ近く。それに近頃では、一人歩きをする女も珍しくはありません。おまかせくださいな」

きっぱりと頷く妻に、禎次郎はつられて頷いた。

「そうか、では、頼むことにしよう」

「はい、なれど、名乗りはどういたしましょう。山同心の妻が届け入れるのでは、やはり差し障りがあるかと思いますけれど」

そうか、と禎次郎が改めて妻を見る。大雑把《おおざっぱ》な己と比べてよく気がつくものだ……。

「そうだな、では、上野の田巻《たまき》とでも名乗っておけばいい。仁右衛門さんもぴんとくるだろう」

「はい」

五月がそっと禎次郎の背中を押した。

「必ず、仁右衛門さんにお届けいたしますから、旦那様は安心して、行ってらっしゃいませ」

その手に押されて、八丁堀を出て来たのだ。

まあ、大丈夫か、と考え直して、禎次郎は歩き出した。あんなにしっかりした女だとは思わなかった……そう、胸中でつぶやく。それに、あんなに情が深いとは意外だったな……。歩きながら、もう一度、小さく振り返った。

上野の広小路の手前で、禎次郎は立ち止まった。

前から大小の二人がやって来るのが見えたからだ。大のほうの流雲は肩に丸めた布団を担ぎ、小のほうの春童は、風呂敷包みを抱えている。

禎次郎に気がつくと、流雲は寄って来て笑顔になった。

「おう、禎次郎ではないか、どうだ、名をちゃんと覚えたぞ」

「はい、恐縮です。どうしたんですか、それは」

禎次郎に指を差された布団を、流雲は手でぽんと叩く。

「一炊のやつに頼まれたのよ。寺で仁右衛門が使っていた布団だそうでな、牢屋敷に届けてくれと言い出しおった。こんな煎餅《せんべい》布団を、あの三人は贅沢だとありがたがっていたらしくてな」

禎次郎は、いかにも簡単に丸められたであろう布団を見た。綿が少ないのは、一目でわかる。しかし、綿そのものが贅沢であるのだから、娘を売るような家では、布団など買えるはずもない。貧しい家では薦《むしろ》が普通だと聞いたことがある。それは牢屋敷でも同様であり、中では粗末な蓆一枚が与えられるだけだという。

「そうでしたか、仁右衛門さん、喜ぶでしょうね」

「これも、届けるんです」

春童が包みを差し上げる。

「手拭いと下帯です」

「そうか、それはいい」

「はい」

誇らしげな顔で頷く春童の頭を、流雲が押さえる。

「これ、布施《ふせ》の行を誇ってはいかん。布施は、させていただくことを感謝するのだ。なにかを差し出すことができるのは、恵まれておるからこそなのだぞ」

「はい」

春童が神妙に頷く。

「そういえば」禎次郎は流雲を見上げた。「長兵衛さんと大作さんは、桃源院に戻って来たんでしょうか」

「いや。あのまま、帰って来てないそうだ」

「そうですか」

禎次郎は首を巡らせる。どこへ行ったのか……。

「では、な」

流雲が布団を担ぎ直して、歩き出す。

春童も早足で、ついて行く。大小二人の背中は、小伝馬町の方角へと小さくなっていった。


山廻りをしているうちに、昼の九つ（正午）を知らせる鐘が鳴った。

分かれて見廻りをしていた雪蔵と岩吉も、黒門に集まってくる。山同心筆頭の片倉の供三人は、早くに中食《ちゅうじき》をすませ、九つから禎次郎らがとる、というのが暗黙の手筈になっていた。

「今日は桜茶屋の茶飯《ちゃめし》ですませるか」

禎次郎は三人を窺う。直訴の一件以来、禎次郎は肩身が狭い。お役御免、という言葉も頭をよぎる。山同心を解かれるのはいたしかたがないとしても、ほかのお役に就けるのだろうか。無役ということにでもなれば、この先、どうすればよいのか……。一家離散、行き倒れ、無縁墓、などという言葉も脳裏に浮かび、あわてて打ち消す。この数日間は、その繰り返しだった。

「いいですね、茶飯」

勘介と岩吉が頷き合う。

禎次郎は暗い言葉を振り払うように頭を振ると、よし、と坂の上を見た。

山道を登ろうとしたそのときに、うしろからの声に呼び止められた。片倉が黒門をくぐって、向かって来る。

「ちょうどよいところで会うた」片倉は禎次郎に向き合うと、咳払いをした。「奉行所に行って来たのだ。先般の件でな」

はい、と禎次郎は背筋を伸ばす。片倉はにやっ、と笑む。

「そなたは左側に付いておったのに、そちらに潜んでいた慮外者《りょがいもの》に気づかず、直訴を決行させてしまった。これは失態だ」

「はい。面目ないことです」

うなだれる禎次郎に片倉は胸を張る。

「うむ、されど、このわたしがいち早く気づき、その不届き者を取り押さえたゆえ、大事には至らずにすんだ」

「はい、さすがでございました」

禎次郎はいいながらほっと胸を撫で下ろす。田沼に直訴状を渡したかった、という真意は見抜かれていなかったのだ……。

片倉は下がった禎次郎の肩を、ぽんと叩いた。

「よって、失態と手柄で相殺《そうさい》、我らにはおとがめなし、だ」

えっ、と禎次郎が顔を上げる。お役御免、無役、行き倒れ、という言葉がまたたくまに霧散していく。

「ありがたきこと……」

かしこまる禎次郎に、片倉はうむと頷く。

「巻田禎次郎殿は此度《こたび》の失態はあったものの、よく務めておる、と報告しておいた。山同心としてこの先、役目を続けられるかどうかも吟味されるであろう」

「かたじけのうございます」禎次郎は腰を曲げる。「わたくし、このお役を続けたいと願っております」

「うむ、そうか。それはよかった」

片倉はもう一度、肩を叩く。と、背を向けて黒門を出て行った。家に帰るらしい。

禎次郎は身体を伸ばすと、大きく息を吸った。身体の芯からほどけていくのを感じて、思わず声が出た。

「やれやれ」

「よかったですね、旦那、あっしもうれしいや」

満面の笑顔になる勘介に、岩吉も頷く。顔が歪んでいるのは笑っているらしい。

「心配しやした」

「まったく」雪蔵も笑顔になる。「これでひと安心です」

四人は参道の坂を上りはじめる。

雪蔵はそっと横に並ぶと、禎次郎を見上げた。

「旦那も隅に置けませんね。直訴の百姓を取り押さえる振りをして、田沼様に差し出すなんざ、なかなかのもんです」

禎次郎はぎょっとして雪蔵を見て、あわてて口に指を当てた。

「へい、わかってますよ」

雪蔵は頷くと、禎次郎を見上げてにっと笑った。

「あたしは旦那が好きですからね、やめられちゃあ困る」

禎次郎は改めて、傍らを歩く姿を見つめた。背中は商人のようにやや丸いが、頭はまっすぐに上げている。

「おまえさん、前はなにをやってたんだい。根っからの奉公人じゃなかろうよ」

禎次郎の問いに、雪蔵はにっと笑う。

「いや、まあ、いいじゃないですか」

ゆっくりと上がる坂の上に、すでに勘介と岩吉が着いている。こちらに向かって手を振ると、口が動くのがわかった。

「旦那」

うれしそうな勘介の笑顔に、禎次郎も手を上げた。いつもなら、振り返ることすらなく、一目散に茶屋に走って行く二人が、ずっと待っている。

禎次郎は五月の言葉を思い出した。

「旦那様を手助けできたことがうれしいのかもしれません。それに、他人様のお役に立てると思うと、うれしく感じます」

そういうことだな……誰かに喜んでもらえるというのはうれしいものだ。それに人に求められると、張り合いが出る。仕事の場で、こんなふうに慕われたことはなかったからな……。

禎次郎は供の三人を順に見る。

そうか、おれは己を求めてくれる居場所に飢《かつ》えていたのかもしれない……そう胸中でつぶやきながら、禎次郎は坂を上った。

三

暮れ六つの鐘が鳴って、黒門が閉まる。供の三人と分かれ、三橋を渡る禎次郎に、広小路から手を振る姿が目に映った。牢廻り役に就いている幼なじみの新吾だ。

「おう、仕事は終わったか」

そう笑う新吾に、禎次郎も笑いを返す。

「待っててくれたのか」

「ああ、こっちは七つ（四時）で終わりだからな。一度、家に帰ってからぶらぶら来たんだ」

言葉を交わしながら、二人は歩き出す。

「おれも会いに行こうと思ってたんだ、聞きたいことがあってな」

禎次郎の言葉に、新吾はしたりと頷く。

「ああ、仁右衛門のことだろう。心配はいらん、元気だ」

「そうか、新参者はいじめられると、おまえ、前にいってたじゃないか。それで気になっていたんだ」

「いじめどころか、英雄扱いだ。なにしろ直訴をした本人だ、百姓牢の者らは生き仏みたいに拝んでるよ」

「なるほど……そいつはよかった」

禎次郎はほっとして友の顔を見る。禎次郎の気がかりを察して、わざわざいいに来てくれたに違いない。

「どうだ、奢《おご》るから酒でも飲まんか、鰻《うなぎ》、といいたいところだが、手軽な煮売り屋があるんでな、そこで我慢してくれ」

「おう、いいな。ちょうどひじきが食べたかったところだ」

「よし」

禎次郎はおとがめなしであったことなどを報告しながら、町の路地へと案内した。すでになじみになった煮売り屋ののれんをくぐる。

「あら、旦那、いらっしゃい。この時分ってことはお酒だね、今、温めますよ」

おとせが意を得たりとばかりに支度をする。

板間に上がり込むと、二人は膝をつき合わして、運ばれてきた酒を酌み交わした。

「おとがめなしでよかったな、祝杯だ」

ぐい飲みを掲げる新吾に礼をいいながら、禎次郎は酒を流し込む。燗をつけた酒の香りが、ひときわ甘く、心地よく感じられる。

禎次郎はふと顔を上げた。

「実は、もうひとつ、聞きたいことがあったんだ」

「ほう、なんだ」

首をかしげる新吾に、禎次郎が声を低めた。

「ああ、このあいだ、重三郎のとこに行って来たんだ。ちょっと、知りたいことがあってな」

新吾の目が上目になる。禎次郎はそれを覗き込んだ。

「おまえ、知っていたか。巻田家の縁談は、最初はあやつに持ち込まれたそうだ。で、断るときにおれの名前を出したという話でな、おれはまったくの初耳だったんだ」

「ああ」新吾は息を吐く。「あのときは重三郎のやつ、巻田家を断って、すぐに別の縁談に乗ったという話だったな。それからおまえのほうも話がまとまったじゃないか。それを聞いて、あやつはいったそうだ。巻田家は禎次郎に譲ってやった、とな」

禎次郎は絶句する。が、新吾は笑った。

「気にするな、やつのはったりだってことはみんなわかってる。子供の頃から、空っぽなくせに見栄っ張りだったじゃないか」

禎次郎の脳裏に、重三郎を訪ねていった日のことが甦る。いきなりの訪問に狼狽しきっていた重三郎の顔が、今となっては苦笑を誘う。

「ああ、そういうやつだな。拡げる風呂敷はでかいが、気は小さい」

「そうさ。まあ、おれもさすがにあきれ果てて、それ以来、ほとんどつきあっておらん。子供の頃は遊んでも、肌が合わないのは大人になるとはっきりするもんだ」

「それはあるな」

互いにぐいと酒をあおる。

おとせが小鉢を置いた。

「はい、粒貝《つぶがい》ですよ、楊枝《ようじ》でほじくってくださいな」

ほう、と二人は楊枝を操る。先を貝の身に刺してくるくるとまわし、中を取り出す。

「おっ、出たぞ」

新吾の笑みに禎次郎は焦る。

「こっちはまだだ。えい、こいつ」

真剣な面持ちに、新吾は笑い出す。

「おまえは器用なんだか不器用なんだか、わからんやつだからな」

「お、出たぞ」

禎次郎が取り出したのを見て、待っていたように新吾は貝を口に入れた。

「ほう、うまいじゃないか」

「ああ、うまい」

二人の酒が進む。

「あっ、そうだ、おれもうひとつ話があったんだ」新吾が赤く染まった顔を上げた。

「禎次郎、次の非番はいつだ」

「非番は、明日だ。この前の非番はつぶれたから、明日はとれることになっている」

「そうか、じゃ、うちに来い。おれは七つ半（五時）までには家に戻るから、うちで夕餉をいっしょに食おう」

身を乗り出す新吾に、禎次郎は頷く。

「それはいいが、また急になんだ」

「いや、実はな、このあいだ縄のれんに行っただろう。そのときのことを母上に話したら、禎次郎殿をうちに連れて来い、と言い出したんだ」

「へ……お母上がか……」

「ああ、なんだか話がしたいとかいうておるんだが、よくわからん。とにかく、呼ばないことには気がすまんらしくてな」

「ふうん、よし、ならば行こう」

禎次郎はぱんと膝を打つ。

「女将、酒をもう一本つけてくれ」

はいな、とおとせが威勢よく返事をした。


家の戸をそっと開けて、禎次郎は上がり込んだ。すでに暗く、静かだ。

「まあ、旦那様、またお酒ですか」

部屋で出迎えた五月が脇差しを受け取る。

「ああ、祝杯だ」

ろれつの怪しい口で、禎次郎はおとがめなしであったことを伝える。

「まあ、それはよろしゅうございました」

五月の目がやっと笑った。

布団の上に仰向けになると、禎次郎は着物をかける五月を見上げた。胸にしまい込んでいた言葉が、つるりと口をついた。

「そなた、重三郎を気に入っておったか」

は、と五月が向き直る。そのまま考え込むようにして、五月は座った。

「なんのことでしょう」

「そら、縁談の話だ。おれの前に来ただろう、重三郎の婿話が……」

「ああ」五月がかしげていた首を戻す。「はい、あの方のことですか、お名前をもう忘れかけていました」

禎次郎が酔いでふらつく頭を上げる。

「そうなのか、断られて気落ちして、それで忘れようとしたのか」

五月の目が丸くなった。

「まっ……気落ちなど……」そういって笑い出す。「まあ、逆ですよ。あの方は、お会いしてすぐに断ることを決めておりました」

「なに……」

禎次郎は身を起こす。

「ええ」五月は笑いつづける。「わたくし、ああいう浮薄そうなお方は好きではありません。あのお方、誠《まこと》がなく、表を取り繕うだけのお人だと、わたくし直感いたしました。きっと、遊び好きで身持ちも悪いはずです。こう見えて、わたくし、人を見る目はあるのです」

禎次郎は口を開けて、頷く。

「ああ、まさにそういう男だ」

「はい、ですから、お会いしたその日に、お断りすることを決めておりました。されば、あちらから先に御遠慮、といっていらしたので、わたくしどもはお顔をつぶさずにすんだとほっとしたのです」

「なんと……」

禎次郎は口を閉じることができない。

「では、重三郎に断られたから、しかたなく、押しつけられたおれの品定めをしたんじゃなかったのか」

「品定め、とは……」

「その、おれがいた手習い所に見に来た、と父上から聞いたが……」

ああ、五月が頷く。

「それまで、お会いしてもお断りすることばかりでしたから、そっと拝見することにしたのです。そのほうがお人柄もわかりますし」

なんと、と禎次郎は口を動かす。

五月はまた首をかしげた。

「しかたなく、と……旦那様は、ずっとそのように思われていたのですか」

「ああ、まあ……おれはこんなで、その、取り柄もないし……」

五月の笑みがみるみる薄紅に染まる。

「わたくし、見る目はあるのです」

その背をくるりと向けた。

「そ、そうか……」

禎次郎は喉をからして咳き込む。あわてて布団に潜り込むと、首だけを伸ばした。

「五月」

そっと妻の名を呼んだ。

四

巻田家の庭に、禎次郎と父の栄之助が、先日、買ってきた板や棒を並べる。

「鋸も錆を落としておいたぞ。棒の長さを決めねばならんな」

栄之助がよく光った刃を掲げた。

「いよいよ棚ができるのですね」

五月がにこやかに材木を覗き込み、そのうしろから滝乃も首を伸ばした。

「棚ひとつにこれほど日にちがかかるなど、普通のお宅ではありますまいよ」

婿同士が気まずい顔を見合わせ、栄之助がぼそりとつぶやいた。

「普通などつまらん。ほかと比べるのもつまらん。つまらんことを考えると、面立ちまでつまらなくなるものよ」

「まあっ、それはわたくしのことですか」

滝乃がずいと出るのに背を向けて、栄之助はしゃがむ。

「いや、世の常をいうてるだけだ。つまるつまらぬは心次第、とな。顔は心についてくる、ときた」

つぶやきながら板を抱えると、よいしょと立ち上がった。

「婿殿、まずはこの板を壁に打ち付けて棚の高さを決める。そこから棒の長さを測る、という段取りがよかろうと思うが」

「はい、そうですね」

禎次郎も板に手を添えて、台所の中へ運び込む。

滝乃は口を曲げ、腕を振ってついて来る。

壁を見渡しながら、禎次郎が板を当てた。

「この辺りでいいでしょうか」

「そうさな。ではわたしが押さえているから、そなたが打ち付けてくれるか」

はい、と禎次郎は手を離して、土間に置いた玄翁や釘を入れた箱を取りに行く。

腰を曲げ、ひとり板を押さえる栄之助は、ずり落ちそうになる板をぐいと押した。

「おっとっと」

と、その声が変わった。

「ぐぇ」

ずるりと板が落ちる。

「どうしました」

禎次郎が振り向く。

栄之助は、壁に腕を伸ばしたまま硬直している。

「いかん」

絞り出されたような声がつぶやく。

滝乃と五月が駆け寄る。

「父上」

「おまえ様」

「ああ、触らんでくれ」

栄之助は腰を曲げたまま、そっと後ずさった。

「腰をやった」

「まあ」

滝乃の声が突き抜ける。

「まあまあまあ、だからいったのに。おまえ様ったら、また……」

「小言はあとで」と、五月はあわてて板間へと上がる。「布団を敷きますから、父上を奥へお連れください」

頷いて、滝乃が夫の身体を支える。が、細い滝乃の腕は、ただ触るだけで支えにならない。

「あ、おれがお連れします」

禎次郎が父の胸の下に身体を入れ、背負うように上へと持ち上げる。

「あああぁ、そっとだ、そっと」

栄之助の悲鳴に禎次郎が「すみません」と頭を下げる。

「ああ、頭など下げなくていい、よけいな動きはするな」

「はい、すみません」

再び下げそうになる頭を途中で止めて、禎次郎は板間へと上がる。

滝乃も手を添えたまま上がって、歪んだ夫の顔を覗き込む。

「もう、もう、おまえ様ったら……」

栄之助はのっそりと歩きながら、娘婿にささやく。

「そっとだぞ」

「はい」

忍び足で廊下を進む。

「あたた」

夫のうめき声に滝乃の声が飛ぶ。

「婿殿、もそっとやさしく」

「すみません」

「いや、大丈夫だ」

婿同士でかばい合いながら歩く。

「布団が敷けましたよ」

五月が廊下の先で待っていた。

医者だ薬だと慌ただしいままに、巻田家の頭上で日は傾いていった。

禎次郎は赤味を帯びはじめた空を見上げて、部屋に戻る。

身支度を調えると、台所に立つ五月に声をかけた。

「ちょっと出かけてくる。夕餉は外ですませるからとっておかなくていいぞ」

「まあ、そうですか」

もの問いたげに首をかしげつつも、小さく頷いた。

「行ってらっしゃいませ」

禎次郎は道に出ながら、重三郎とその妻を思い出していた。あれこれと細かく問う妻に、重三郎は愚痴をいっていた。確かに、あんなにうるさいのはかなわんな……。そう思いつつ、ふと不安になる。もしかしたら、五月はおれにそれほどの関心がないだけなのだろうか……。禎次郎は大きく振り返りつつ、すぐに肩をすくめた。まあ、お互い様か、おれもあまり五月に関心を持ってこなかったからな……そう、つぶやくと、また歩き出す。

禎次郎の足は、野辺新吾の家の前で止まった。

「よう、来たな」

新吾は待っていたらしく、声をかけるまもなく庭から現れた。

「さ、上がれ上がれ」

犬や猫が遊ぶのを見ながら庭の奥へと進む。と、庭木の手入れをしていた男が振り返った。新吾の父完吾《かんご》だ。

「おや、禎次郎殿か。久しいの」

「はい、お父上様も御息災でなによりです」

会釈をして、部屋へと上がる。

子供の頃にはよく遊びに来た家だ。互いに役目に就いてからは、その機会もめっきりと減ったが、ようすは変わっていない。

そこに軽やかな足音が響き、新吾の母雪江《ゆきえ》が、姿を見せた。

「まあ、禎次郎殿、お久しぶりですこと」

「はい、御無沙汰しています」

「今、膳を運ばせますから、ゆっくりとしていってくださいね」

その言葉どおり、夕餉の膳が運ばれ、酒も添えられた。

「奮発したな、でかい鰺だ」

目を瞠る新吾に禎次郎も笑いながら、生姜と煮た鰺を箸でほぐす。醤油《しょうゆ》と生姜の香りが、口に拡がり、酒を進ませる。四方山話《よもやまばなし》をしながら、禎次郎はみるみる小鉢や椀を空にした。

「この豆腐はうまいな」

「ああ、豆腐はありきたりのものだが、上にのせてある嘗《な》め味噌は母上の手作りでな、山椒《さんしょう》をすりつぶして入れてあるのが自慢らしい」

「まあ、恥ずかしいこと」苦笑しながら母の雪江が入って来る。「この昆布煮《こんぶに》も召し上がれ。こちらには鰹節《かつおぶし》を入れております」

小鉢を膳に置くと、雪江は正座をして、禎次郎を見た。

「禎次郎殿は巻田家に養子に入ったそうですね」

「あ、はい。縁がありまして……」

「そう。滝姫は……いえ、滝乃さんはお元気かしら」

雪江の問いに、禎次郎は目を丸くする。

「は……あの、母上を御存じなのですか」

「ええ」雪江は膝を禎次郎に向ける。「幼なじみだったんですよ。子供の頃には滝姫雪姫と呼び合ってね。家同士もおつきあいがあったものですから……」

へえ、と禎次郎は口をあんぐりと開けた。

「ああ、そういえば」新吾が手を打つ。「祖父……母上のお父上の葬儀の折に、巻田家の御当主というお武家が見えてましたね。子供ながら、変わった名だと感じたので覚えてますよ。あのお方は禎次郎の家と縁《ゆかり》があるんですか」

「ええ、あの方が滝乃さんの父上だったの。わたくしの父と滝乃さんの父上は家も近かったせいで、それは仲がよかったのですよ。それにわたくしと滝乃さんも同い年だったものですから、いつもいっしょに遊んでいて……」

「へえぇ」

　男二人の声が重なる。

「そうなの。わたくしは長女の姉と年が離れていて、その下は兄ばかり。滝姫は長女で下に弟が一人いるだけ。なので、一番のなかよしだったの」

　雪江が微笑む。が、その笑みがすぐに曇った。

「滝姫の母上は、お身体がお弱かったのでしょうね。あとになって父上から聞いた話ですけれど、滝姫を産むときは難産で、大変だったんですって。それなのに女であったから、ずいぶんとがっかりされたらしくて。その後、なんとしても跡継ぎを、ということで弟さんを頑張ってお産みになったそうよ」

「へえぇ」

　禎次郎はほかの言葉を見つけられずに、同じ相づちを繰り返す。

　雪江の顔がさらに曇った。

「それなのに、かわいそうに……その弟さん、松丸《まつまる》ちゃんといったのだけど、六つの歳に亡くなってしまったの」

雪江が天井を見上げる。

「わたくしもお通夜に連れて行かれたのだけど、もう、子供ながらに胸が詰まって……お母上が大泣きされて、松丸、松丸、と呼びつづけてらしたの……」

雪江がその日のことを語り出した。

「松丸、松丸、目を開けておくれ」

母が小さな身体を揺すりつづける。

その日、外では乾いた風が音を立てていた。その風のせいで、高熱の出る病が流行《はや》ったのだと、医者はいったという。江戸の町では、連日、多くの葬儀が出されていた。

「松丸」

すでに冷たくなった小さな身体を、母は離そうとしない。

誰もが、かける言葉もないままに、それを見つめていた。

涙を拭おうともしない母を、幼い滝乃は傍らで見つめつづける。雪江はそんな滝乃を、物陰から見ていた。

「さあ、もう離しなさい」

父が母の手を亡き子から離そうとする。

「いやです。この子は生き返ります。こうして温めていれば……」

ふう、という父の溜息が雪江にも聞こえてきた。

「母上」滝乃がそっと母を見上げた。「母上、わたしが松丸の分も親孝行をいたしますから」

小さな手を母の手に重ねる。が、その手は払いのけられた。

「そなたに代わりはつとまらぬ。どうして……」

母は泣き濡れた目で娘を見た。

「どうしてそなたではなかったのか……」

怒りさえも湛えた母の目に見据えられ、滝乃はそのまま声をなくした。

「これ、なにをいうか」

父があわててあいだに入る。

滝乃は拳を握り、じっとうつむいたままだった。

雪江が溜息を吐く。

「子供心に滝姫がかわいそうでかわいそうで、見ていられなかった……」

新吾と禎次郎が頷き合う。

「確かに、それは……」

「取り乱していたとはいえ……」

「ええ」雪江が目をうっすらと赤くする。「滝姫はそれから笑わなくなってしまったの。それまではとても元気な子だったのに」

禎次郎は胸の中で滝乃の顔を思い描いた。上がった目尻と曲がった口は、いつもそのままで、笑いで弛むことがない。それが、そのとき以来だとしたら、なんともやりきれない話だ……。

「では……」禎次郎は雪江を見た。「お二人の仲も、それで変わってしまったのですか」

「いえ、それは……」雪江は首を振りつつも、その面立ちを歪めた。「確かに、滝姫はあまり外に出てこなくなってしまったけど、その後も仲はよかったの。わたくしたちが変わったのは、そのもっとあと……」

いいよどむ母に、新吾は身を乗り出す。

「なにかあったんですか」

雪江は深く息を吐くと、ゆっくりと口を開いた。

「ここだけの話にしておいてちょうだいね。年頃になって、わたくしたちにも想い人ができたの。これはわたくしの勘だけれど、滝乃さんの想い人はうちの旦那様だったのよ」

「は……父上ですか」

新吾が目を丸くする。

一方、禎次郎はなるほど、とさほどの驚きを感じなかった。新吾の父完吾は男前だ。穏やかで動物好きで情も深い。年頃の娘に想われるのもさもありなん、と納得する。が……。

「しかし、完吾様は御長男でしたよね」

禎次郎の言葉に雪江が頷く。

「ええ。巻田家は滝乃さんだけになってしまったから、婿養子をとるしか、ね。ですから、そっと胸に秘めておいたのでしょう。それはわたくし、見ていて、切《せつ》ないくらいにわかりました。それはそれでよかったのです。初恋というのは、そういうものですもの。なれど……」

雪江はまた溜息を落とす。

「その完吾様の縁談がわたくしにきてしまったの。わたくしもね、悩んだのですよ」

はあ、と新吾が眉を寄せる。

「なんとも厄介な縁ですね」

ええ、と雪江は気まずそうに息子を見た。

「実をいえば、わたくしも旦那様を想うていたのです。滝乃さんには申し訳ないのだけれど、やはり、お断りすることなどできませんでした」

「なるほど……」禎次郎は腕を組む。「いや、しかし、母上にも父上という縁談がまとまったのだから、よかったのではないですか。父上もなかなかの男前ですし、母上はまんざらでもないと思いますよ。文句ばかりいっていますが、けっこう大事にしてますし」

そう、と雪江が頷く。が、顔は暗い。

「そうね、それはよかったのです。わたくしも婚礼に招かれてお祝いをいたしました。滝乃さんはそれはおきれいで……されど、そのあとが……」

男二人は首をかしげる。

雪江は肩をすぼめた。

「わたくしはこの家に入って、すぐに子に恵まれて、次々に産むことができたでしょう。嫡男につづいて新吾、妹、弟と六人も生まれて……」

「なるほど」

禎次郎は頷いた。五月は自分よりも五歳年下だから、滝乃はしばらく子に恵まれなかったに違いない。おまけにそのあとに待ち望んでいたであろう男子が生まれたものの、病で亡くしている。

雪江はさらに身を縮める。

「滝乃さんが鶴松ちゃんを産んだときには、わたくしもお祝いに行ったの。それは喜んで……。なれど、たった二歳で亡くなってしまって……」

新吾がほう、と友を見る。

「そうなのか」

「ああ、ついこのあいだ、三十回忌をやった」

禎次郎が頷く。

雪江はそれにうつむいた。

「わたくし、その葬儀にも伺ったの。それで、なにげなくいってしまったの……」

男二人は唾を呑み込む。

雪江の声が震えた。

「おかわいそうに、けれど、気を落とさないでね、と……」

しんと音がやんだ。

禎次郎がかすれた声を出す。

「それは……誰もがいう言葉で……」

「いいえ」雪江が顔を上げた。「今なら決していいません。かわいそうなど、失礼な言葉。せめてお気の毒といえばよかった……それに、気を落とすなど、いかにも人の心を知らぬいいよう……気を落とさずにいられるはずがないのです。わたくしも長男を亡くしたときに、心底、わかりました」

新吾は黙って聞いている。禎次郎も友の兄のことを思い出した。長男であった新吾の兄は十年前に流行病であっけなく亡くなり、ために新吾が跡を継いだのだ。

雪江はほうと息を落とす。

「あのとき以来、滝乃さんはわたくしと会ってくれなくなってしまって。外にも出てこないし、言葉を交わす機会もないままなのです」

禎次郎はその沈痛な面持ちを窺《うかが》い見る。

「あの、おれからそのお気持ちを、母上に伝えておきましょうか」

「あら、いいえ」雪江は首を振る。「それでは無礼を重ねるだけ。わたくしから聞いたこともいわないでくださいね。されど……禎次郎殿には知っておいてほしかったの。滝乃さんは気難しいと皆から敬遠されてますでしょ。それはきっと、わたくしを含め、お気持ちを傷つける人が多かったせいなのです」

雪江の溜息に、息子と友の溜息も続く。

禎次郎はさらに深い息をもう一度吐いた。脳裏に、滝乃の顔が浮かぶ。今にも文句を言い出さんばかりの、あの顔だった。

五

いつものように山を歩きながら、禎次郎は頭上を見上げた。赴任《ふにん》してきたときにはまだ花びらの残っていた桜も、今ではすっかり青々と葉を茂らせている。見廻りの要領もわかり、供の三人もそれぞれに分かれて廻るようになっていた。

根本中堂をひとまわりして、参道の方向へと足を向ける。と、その足が止まった。

木陰から、籠を持った男が出て来たのだ。浅い籠には木の苗木があるところから、苗木売りらしい。が、禎次郎はその顔を見抜いた。隠密廻りの七之助だ。

七之助もにっと笑って近寄って来る。

二人は並んで歩きながら、林の方角へと足を向けた。

「決まったぞ」七之助がつぶやく。「直訴の仁右衛門の件だ」

「どうなりましたか」

「うむ、国預かりにして、送り返すことになった」

その言葉に禎次郎はほっと息を吐《つ》きつつも、冷静を装った。

「そうですか。見せしめのために江戸で磔獄門になるのではないか、と思っていましたが」

「ああ、案じておるだろうと思ってな、知らせにやってきたのだ」

禎次郎は驚いて七之助に顔を向けた。

直訴は公儀への抵抗であり、厳しく取り締まるべき暴挙だ。幕臣はその弾圧に尽力をするのが役目であるから、本来、禎次郎が仁右衛門らをかばうことなど、許されるはずもない。それを踏まえて、禎次郎も本意を悟られぬように気をつけていたつもりだった。

七之助は眼《まなこ》だけを動かして禎次郎を見る。

「田沼様へ直訴状を向けたやりくち、見ておったぞ」

「あ……」

「ふ、わたしはさほどに驚かなかったがな。そなた、子供の頃、拾った犬猫をもらってくれと、うちに何度も来たことがあったではないか。困っているものを見ると放っておけない性格だ。よくわかっておる」

「いや、その……」

禎次郎がうろたえてうつむく。

七之助は声を重くした。

「されど、迂闊なことをするではないぞ。此度は田沼様の御裁量でうまく運んだが、いつもそううまくいくとは限らん」

「田沼様の御裁量なのですか」

「ああ。これは決して人に話すではないぞ。このようなことは老中の御裁可になるのだがな、筆頭老中の松平武元《まつだいらたけちか》様よりも、今は田沼様の御判断のほうが重んじられることが多いのだ」

「そうなのですか」

驚く禎次郎に、七之助は片目を細めてみせる。

「うむ、それにな、田沼様はこれまでの一揆でも、百姓だけでなく、領主や公儀重臣を罰するなどの御裁可を下されておる。民を蔑《ないがし》ろにはなさらぬお方だ。此度も領主に藩政を是正せよ、と申し渡されてな、崎山藩では勘定方組頭の佐田定之助を死罪にしたそうだ」

「そうですか……」

「まあ、その組頭に罪業のすべてを押しつけ、上は罪を逃れて落着、という筋書きであろうがな」

七之助は口を歪めて笑う。

「なれば」禎次郎ははっと息を呑む。「国に戻されてから、仁右衛門さんはどうなるんでしょう。確か、佐倉惣五郎も国に帰されてから、磔にされたんですよね」

ううむ、と七之助は喉を唸らせる。

「そこはどうなるか、まだわからんな」

二人は参道の端をゆっくりと歩きつづける。

禎次郎は仁右衛門の顔を思い起こしていた。自身番で調べを受けたときにも、仁右衛門は悪びれることなくいったものだ。

「悪いことなぞしてねえ。村を助けて死ぬなら本望だ」

おそらく命乞いなどしないだろう……。そう考えて、気が重くなる。

「おっと」

傍らの七之助が声をもらした。参道のずっと先を見て、禎次郎にいう。

「あれは御同役だろう」

目を凝らしてみると、黒門をくぐった片倉が坂を上って来ているところだった。

「では、これで失敬するぞ」

七之助はつっと離れる。が、小さく振り返った。

「そういえば兄の庄次郎とはまた会ったか」

「あ、いいえ。深川にいると聞いたので、そのうち探しに行こうと思ってます」

「そうか。住まいがわかったら、教えてくれ」

七之助はそういうと、背を向けて歩き出した。

禎次郎は片倉の姿を見ながら、背筋を伸ばした。


「ここにいたか、巻田殿」

片倉は禎次郎の姿に気がつくと、手を上げて寄って来た。

「は、わたしに御用でしたか」

「ああ、奉行所に行って来たのだがな、決まったぞ、そなたはこの先も、ずっと山同心だ」

片倉は胸を張る。

「前任の真崎殿が転役を願い出て、お許しが出たのだ。もう、腰がいかんからな。で、そなたのほうも、先般の失態はあったにしろ、山同心に適役であろうと判断された。わたしが強く推挙《すいきょ》したのが効いたのであろう」

「それは……ありがたきこと」

禎次郎は深々と頭を下げる。

「いやいや、この先も励んでくだされ。では、な」

片倉は踵を返す。屋敷に戻るつもりらしい。

「あ、お待ちを……」

禎次郎はその背を追う。

「あの、では屋敷を移ることになりますよね」

「ああ」片倉が立ち止まる。「そうだな、だが、まずは真崎殿が八丁堀に移ってからになるから、すぐということにはなるまい。いや、巻田殿と同時に入れ替え、という手もあるか。しかし、いずれにしても、真崎殿は腰がまだいかんしな」

「は、実はわたしどもも父が腰を傷めまして、多少、猶予《ゆうよ》があったほうがありがたいのです」

「そうか、なれば急ぐことはないな。まあ、双方のようすを確かめながら図《はか》っていくことにすればよかろう」

「はい、よろしくお願いいたします」

禎次郎は腰を曲げて見送りつつ、胸中で独りごちる。家移りとなると、ひと悶着《もんちゃく》起きるだろうな……。家族それぞれの顔が浮かんで、思わず溜息が洩れる。まあ、いい、当面は伏せておこう……。

禎次郎はまた歩き出した。


家に戻ると、すでに家族の夕餉がすんだ板間で、いつものように一人、膳に向かった。五月は温め直した味噌汁や煮物を置いて、また出て行く。明日の朝餉の用意をしているに違いない。

目刺しの骨を嚙み終わると、五月がやって来た。

「お客様がお見えですよ」

「誰だ」

「それが、幼《さ》なじみ、と」

禎次郎は白湯《さゆ》を流し込みながら首をかしげる。幼なじみといってもいろいろいるぞ……そうつぶやきながら、出て行く。

「おう、おまえか」

土間に立っていたのは、先日、家に行って話をした友の新吾だった。

新吾は婚礼の日以来、家に来たことはない。滝乃がとった蔑むような態度のせいだ。禎次郎も呼ぶことはなかった。友を傷つけないためにも、来てほしくなかったのだ。

しかし、新吾の母雪江の話を聞いてから、禎次郎は考えつづけていた。もしかしたら、滝乃の冷淡は牢廻りに対する蔑みではなく、雪江に対してのわだかまりだったのではないか。初恋の相手であったらしい完吾への複雑な思いもあるのかもしれない。

そして、新吾はその二人の息子なのだ……。

おそらく、新吾もそう思ったに違いない……。禎次郎は、目の前の友の顔を見て、そう感じとった。

「なんだ、どうした」

そう友に問いつつ、禎次郎は廊下に正座して控えている五月を盗み見た。

母の雪江から聞いた滝乃の話は、五月にも伏せたままだ。あの話の続きだろうか、と禎次郎は懸念した。だとしたら、五月に聞かれてはまずい……。

「まあ、上がれ」

そういう禎次郎に、新吾は手を振った。

「いや、すぐに戻る。急いで知らせたいことがあって来ただけだ」

「ほう、なんだ」

「百姓牢の仁右衛門が、明日、国に戻されることになったんだ」

「明日、か」

「ああ」

新吾は頷いて五月を見た。

「ですから五月殿、もうこれで牢屋敷に行かずともよくなりますよ」

あっ、と五月の声が上がる。

禎次郎は二人の顔を見比べた。

「なんだ、どういうことだ」

「ああ」新吾は微笑む。「五月殿はわたしの顔は覚えていなかったでしょうね。わたしも上野の田巻、と名乗ったのでわかったんです」

「いや、だから、なんのことだ」

禎次郎は五月を見て、新吾を見た。

「なんの、とは……」新吾が苦笑する。「おまえが届けさせていたんだろう、五月殿に。仁右衛門は毎日、うまい握り飯を食えて、ありがたがっていたぞ」

「毎日……最初の日には確かに届けてもらったが……」

禎次郎が振り返ると、妻は顔を赤くした。

「それは、わたくしが勝手に……」

は、と禎次郎は口を開けた。

五月はうつむく。

「なれど、直訴で命がどうなるともわからぬ身の上……それを思うと不憫《ふびん》で、せめておいしいご飯を、と思ったのです」

なんと、と禎次郎は声にならないつぶやきをもらす。

「なんと」新吾は声に出した。「そういうことだったのか……いや、なんともやさしい……よい妻を持ったな、禎次郎」

五月は肩をすくめる。

「いえ。それは旦那様のお心に寄ろうと……」

五月はうつむいたまま立ち上がる。

「御無礼を」

小さく頭を下げると、ぱたぱたと廊下を駆けて行った。

「なんだ……」

禎次郎は呆然として、廊下を逃げるように去って行く妻の背中を見つめる。新吾はにやにやと友の顔を見た。

足音が遠ざかる。

「なんです」廊下に向けて声が上がった。「不作法ですよ、五月」

障子が開き、滝乃が出て来た。

禎次郎と新吾は思わず顔を見合わせた。

「どなたか見えているのですか」

滝乃が廊下をやって来る。

どうする……禎次郎は息を呑む。滝乃は新吾の顔は覚えてはいまい。引き合わせるべきか、とぼけるべきか……。そもそも、あの冷淡の本意ははっきりとはしていない。雪江へのわだかまりなのか、牢廻りを見下しているのか、真意は不明なままだ。

禎次郎は唾を呑んだ。

滝乃が横に立つ。

「これは……」

声を上げたのは新吾だった。

「御無沙汰をしております。野辺新吾です」

あ、と滝乃の声が洩れる。

ひととき、立ち尽くして、滝乃はゆっくりと正座をした。新吾の顔を見上げる。

「野辺家の御次男であられましたね。お父上とお母上は御息災であられますか」

「はい、おかげさまで息災に過ごしております。あの、母が滝乃様にくれぐれもよろしくお伝えを、と申しておりました」

新吾はぺこりと頭を下げる。

「では、わたしはこれにて失礼いたします」

禎次郎に向けてにっと笑うと、新吾は背を向けた。

「お待ちを」

滝乃が腰を浮かせる。

振り返った新吾に、滝乃は改めて姿勢を正した。

「今更ですが……お母上は御長男を亡くされたと聞きました。お悔やみ申し上げます、とお伝えください」

「あ、はい」

滝乃が指を突き、腰を曲げる。

新吾も背筋を伸ばした。

「伝えます」

新吾と禎次郎が顔を見合わせる。笑みを含んだ目顔で、頷き合った。

六

新緑を仰ぎ見ながら、禎次郎は山を歩く。

今日も、多くの物見客や参拝客が行き交う。

木立の中から、二つの人影が飛び出して来た。その姿に、禎次郎は目を見開く。

「旦那」

「長兵衛さん、と、大作さんか」

思わず駆け寄って行く。

「生きてたのか」

二人の姿を見上げ、見下ろす。

「へい、あれから村に帰ったんです」長兵衛が頷く。「仁右衛門さんのことを村のみんなに伝えなきゃならねえし、直訴状が渡ったことを知らせたくて」

「しかし、帰れば役人が……」

「へえ」大作も頷く。「役人に捕まって牢屋に入れられました。けんど、このあいだ仁右衛門さんが戻って来て、みんないっしょにお沙汰が下ったんでさ。で、おら達二人は所払いになりやした」

「そ、そうか……で、仁右衛門さんはどうした」

狼狽する禎次郎に、二人は笑みを見せる。

「まだ牢屋でさ」

「磔にはならなかったのか」

「へい、しばらくは牢屋に押し込めだけんど、そのあとはやっぱり所払いになるそうです」

そういう大作に長兵衛が続ける。

「なんでも御公儀から、義のある者ゆえ大事にせよ、とお達しがあったそうでさ」

御公儀……田沼様か……禎次郎は唾を呑み込む。同時に肩の力が抜けた。

「これ、山同心」

そこに声が響いた。

二人の背後から、ゆらりともう一人が出て来る。一炊和尚だ。

長兵衛が一炊にお辞儀をしながら、禎次郎に笑みを見せる。

「おら達、しばらくまた和尚様の所においてもらえることになったんで。そこで、仁右衛門さんが来るのを待ちやす」

「そうか、それはよかった」

ふん、と一炊は顎を上げる。

「所払いでは無宿人になるからな、わしのところで寺男として、仮人別《かりにんべつ》に入れてやることにしたんじゃ」

「そうですか、ありがたいお慈悲で」

微笑む禎次郎を、一炊は睨《ね》めつける。

「巻田禎次郎」

「は……」

一炊から名前を呼ばれるのは初めてだ。知っていたのか、と驚く。

「そなたの振る舞い、見ておったぞ。よくもまあ、うまく直訴状を渡したものだ。人がいいだけの間抜けだと思うておったが、それだけでもなさそうじゃな」

一炊はにやりと笑う。

「まあ、また寺に来い。饅頭でも持ってな」

くるりと背を向けると、一炊はかかと笑いながら、歩き出した。

「そいじゃ、また」

ぺこりと頭を下げて、長兵衛らもついて行く。

禎次郎はそれを見送って、天を仰いだ。

腕を拡げると、晴れ晴れとした空を吸い込んだ。


「婿殿、今日は非番でしたね。今度こそ棚をお願いしますよ」

滝乃が朝餉の膳を片付けながらいう。

禎次郎は三人の顔を窺った。

父の栄之助は腰が快方に向かっているらしく、機嫌がいい。

五月はふだんと変わらないが、滝乃は口のへの字がゆるやかだ。

今か……と禎次郎はひと息、吸い込んで声を出した。

「あの、実はお話が……上野の役宅に移るようにといわれているのです。山同心はお役目上、山の近くに住むことが倣《なら》いとなっているということでして……」

「上野」

「役宅」

それぞれの口からつぶやきがもれる。

禎次郎は姿勢を正して、手をついた。

「家移りなど御不便、御不満ではありましょうが、これもお役目のうち。ここはひとつ、なんとか堪えていただきたく……」

「まあ」滝乃の声が突き上がる。「では、八丁堀を出るということですか」

「はい、すみません……その……」

「婿殿」

「はい」

「よくやりました」

滝乃の言葉に、禎次郎は顔を上げる。滝乃は鼻をふくらませて頷く。

「ここを離れたいと昔から思うておりました」

「え、そ、そうなのですか」

「ええ。ここは煩わしくてかないません。やれ、夫の禄が増えたの、息子は出世したの、嫁が悪いの、姑が意地悪の、子供ができないの、年をとったの……もう、もう、そのようなことばかりを陰でいいあって……わたくしはこういうせせこましい暮らしが大嫌いなのです」

滝乃の手が畳を打つ。

「まあ、わたくしもです」

五月が手を合わせた。

「人の噂をいいあったり、誰某同士《だれそれどうし》を比べたり、家の中を覗き込んでああだこうだと……それで笑い合うなど、気が知れません」

「そうだった、か」

禎次郎は改めて妻の顔を見る。

「うむ、よいではないか、上野」

栄之助も笑顔だ。

「上野といえば浅草も近い、楽しかろうなぁ。わたしも八丁堀には飽き飽きとしておったのだ、いや、新しい町はよい」

「はあ……」

緊張していた禎次郎の顔もだんだんと弛んでくる。が、待てよ、と思う。

「あの、ひとつ、懸念がありまして……」

皆の目が集まる。

「役宅の敷地には同役の片倉殿の御一家も暮らしているんですが……この片倉殿はち

と、出世欲が強いというか、立ちまわりがうまいというか……」

言葉を選びながら、禎次郎が皆の顔を窺う。

「なんの」滝乃が胸を反らした。「その片倉殿が多少厄介なお方だとしても、たったお一人でしょう。この八丁堀には、そういうお方が何十人といるのですよ。その何十人にそれぞれ厄介な家族がいて、ああだこうだと陰に陽に人のことを……それに比べたら、ひと家族くらいなんともありません」

はあ、と禎次郎は頷く。

「なんとも、心強いことです」

「ああ、そうだとも」父も胸を反らせる。「わたしとて長年、奉行所の狐や狸《たぬき》を相手にしてきたのだ、心配はいらん」

「はあ、そうおっしゃっていただくと……」

まだ恐縮の残る禎次郎に、栄之助は手を打ってみせる。

「いやいや、家移り、よいではないか。心機一転まさに春、だな」

栄之助の声が大きな笑いに変わり、五月も笑顔になった。

「ええ、家が変われば、暮らしも変わりましょうね」

「こうなれば棚はもうよい」滝乃が立ち上がる。「なれど、板は持って行きますぞ。

役に立つやもしれぬ」

「ほう、行った先でなにか作ろう」

栄之助も胸を打つ。

滝乃は娘を見た。

「今日の夜は婿殿にお酒をつけておあげなさい。値は気にせず、灘《なだ》や伏見《ふしみ》の下り物でもかまいませぬ」

「お、そりゃ剛気」

栄之助は身体を揺らす。

「山は上るもの、酒は下るもの、とな。どうだ、これは」

滝乃は頬を震わせる。

「またつまらないことを……なれど、今日はよいでしょう」

禎次郎は笑い出した。

「父上、つまらなすぎておかしいです」

安堵が腹の底から湧き上がり、笑いが止まらなくなっていた。

時代小説

二見時代小説文庫

世直《よなお》し隠《かく》し剣《けん》 婿殿《むこどの》は山同心《やまどうしん》1

著者 氷月《ひづき》 葵《あおい》

発行所 株式会社 二見書房
東京都千代田区三崎町二─一八─一一
電話 〇三─三五一五─二三一一［営業］
〇三─三五一五─二三一三［編集］
振替 〇〇一七〇─四─二六三九

印刷 株式会社 堀内印刷所
製本 ナショナル製本協同組合

ISBN978－4－576－15071－0
http://www.futami.co.jp/

二見時代小説文庫

公事宿《くじやど》 裏始末1 火車《かしゃ》廻る

氷月 葵［著］

理不尽に父母の命を断たれ、江戸に逃れた若き剣士は、庶民の訴訟を扱う公事宿で、絶望の淵から浮かび上がる。人として生きるために……。新シリーズ第1弾！

公事宿 裏始末2 気炎《きえん》立つ

氷月 葵［著］

江戸の公事宿で、悪を挫き庶民を救う手助けをすることになった数馬。そんな折、金持ちしか相手にせぬ悪名高い四枚肩《しまいがた》の医者にからむ公事が舞い込んで……。

公事宿 裏始末3 濡れ衣奉行

氷月 葵［著］

材木石奉行の一人娘・綾音は、父の冤罪を晴らすべく公事師らと立ち上がる。牢内の父からの極秘の伝言は、濡れ衣を晴らす鍵なのか!? 大好評シリーズ第3弾！

公事宿 裏始末4 孤月の剣

氷月 葵［著］

十九年前に赤子で売られた長七は父を求めて、十五年前に十歳で売られた友吉は弟妹を求めて、公事師らと共に闘う。俺たちゃ公事師、悪い奴らは地獄に送る！

公事宿 裏始末5 追っ手討ち

氷月 葵［著］

江戸にて公事宿暁屋で筆耕をしつつ、藩の内情を探っていた数馬。そんな数馬のもとに藩江戸家老派から刺客が!? 己の出自と向き合うべく、ついに決断の時が来た！

与力・仏《ほとけ》の重蔵 情けの剣

藤 水名子［著］

続いて見つかった惨殺死体の身元はかつての盗賊一味だった。鬼より怖い凄腕与力がなぜ〝仏〟と呼ばれる？男の生き様の極北、時代小説に新たなヒーロー登場！

二見時代小説文庫

密偵《いぬ》がいる　与力・仏の重蔵2

藤水名子［著］

相次ぐ町娘の突然の失踪…かどわかしか駆け落ちか？手がかりもなく、手詰まりに焦る重蔵の乾坤一擲の勝負の一手！〝仏〟と呼ばれる与力の、悪を決して許さぬ戦い！

奉行闇討ち　与力・仏の重蔵3

藤水名子［著］

腕利きの用心棒たちと頑丈な錠前にもかかわらず、千両箱を盗み出す〝霞小僧〟にさすがの〝仏〟の重蔵もなす術がなかった。そんな折、町奉行矢部定謙が刺客に襲われ…

修羅《しゅら》の剣　与力・仏の重蔵4

藤水名子［著］

江戸で夜鷹殺しが続く中、重蔵は密偵を囮に下手人を挙げるのだが、その裏にはある陰謀が！　闇に蠢く悪の所業を、心を明かさぬ仏の重蔵の剣が両断する！

鬼神の微笑《ほほえみ》　与力・仏の重蔵5

藤水名子［著］

大店の主が殺される事件が続く中、戸部重蔵の前に火盗の密偵だと名乗る色気たっぷりの年増女が現れる。商家の主殺しと女密偵の謎を、重蔵は解けるのか!?

はみだし将軍　上様は用心棒1

麻倉一矢［著］

目黒の秋刀魚《さんま》でおなじみの忍び歩き大好き将軍家光《いえみつ》が浅草の口入れ屋に居候。彦左や一心太助、旗本奴や町奴、剣豪らと悪党退治！　胸がスカッとする新シリーズ！

浮かぶ城砦　上様は用心棒2

麻倉一矢［著］

独眼竜正宗がかつてイスパニアに派遣した南蛮帆船の絵図面を紀州頼宣《よりのぶ》が狙う。口入れ屋の用心棒に姿をかえた家光は…。あの三代将軍家光が城を抜け出て大暴れ！

二見時代小説文庫

朱鞘《あかさや》の大刀 見倒屋鬼助《みたおしやきすけ》 事件控1

喜安幸夫［著］

浅野内匠頭の事件で職を失った喜助は、夜逃げの家へ駆けつけて家財を二束三文で買い叩く「見倒屋」の仕事を手伝うことになる。喜助あらため鬼助の痛快シリーズ第1弾

隠れ岡っ引 見倒屋鬼助 事件控2

喜安幸夫［著］

鬼助は浅野家家臣・堀部安兵衛から剣術の手ほどきを受けた遣《つか》い手の中間《ちゅうげん》でもあった。「隠れ岡っ引」となった鬼助は、生かしておけぬ連中の成敗に力を貸すことに…。

濡れ衣晴らし 見倒屋鬼助 事件控3

喜安幸夫［著］

老舗料亭の庖丁人と仲居が店の金百両を持って駆落ち。探索を命じられた鬼助は、それが単純な駆落ちではないことを知る。彼らを嵌めた悪い奴らがいる…鬼助の木刀が唸る！

べらんめえ大名 殿さま商売人1

沖田正午［著］

父親の跡を継ぎ藩主になった小久保忠介。財政危機を乗り越えようと自らも野良着になって働くが、野分で未曾有の窮地に。元遊び人藩主がとった起死回生の秘策とは？

ぶっとび大名 殿さま商売人2

沖田正午［著］

下野《しもつけ》三万石鳥山藩の台所事情は相変わらず火の車。藩主の小久保忠介は挫けず新しい儲け商売を考える。幕府の横槍にもめげず、彼らが放つ奇想天外な商売とは⁉

運気をつかめ！ 殿さま商売人3

沖田正午［著］

暴れ川の護岸費用捻出に胸を痛め、新しい商いを模索する鳥山藩藩主の小久保忠介。元締め商売の風評危機、さらに鳥山藩潰しの卑劣な策略を打ち破れるのか！